Langenscheidt

The Missing Dog –
Der verschwundene Hund

von Bernhard Hagemann
und Friedrich Wollweber

Langenscheidt

Lektorat: Maren Giering-Desler
Englischsprachiges Lektorat: Charlotte Collins
Illustrationen: Anette Kannenberg
Umschlaggestaltung: init.büro für gestaltung, Bielefeld

Der Fotograf und Kinderbuchautor **Bernhard Hagemann** erblickte 1956 in Bad Reichenhall das Licht der Welt und ist im Chiemgau aufgewachsen. Seit seinem 13. Lebensjahr befindet sich zwischen ihm und dem Licht der Welt ein Fotoapparat. Nach seinem Zivildienst machte er seine Leidenschaft für Fotografie zum Beruf. 1992 wurde seine erste Geschichte in einer Anthologie veröffentlicht. Seitdem geht er zwei Berufen nach: Neben dem Fotografieren schreibt er Kinder- und Jugendbücher. Er lebt in München und liebt das Kino, die amerikanische Literatur und reist gerne nach Italien. Mehr über Bernhard Hagemann unter **www.bernhardhagemann.de**

www.krimis-fuer-kids.de
www.langenscheidt.com

6. Auflage 2022

Satz: Franzis print & media GmbH, München
Druck: Multiprint GmbH, Kostinbrod

ISBN 978-3-12-563264-6

Inhalt

Friedrich Wollweber wurde 1958 in Frankenthal/Pfalz geboren, studierte klassisches Ballett und arbeitete einige Jahre als Schauspieler in diversen Theatern in Deutschland und der Schweiz, daneben auch als Puppenspieler für TV-Serien, zum Beispiel für „Hallo Spencer" und „Sesamstraße". Seit einer Weile arbeitet er zusammen mit Bernhard Hagemann an verschiedenen Buchprojekten. Friedrich Wollweber lebt in Hamburg, weil das so einen schönen großen Hafen hat.

Warum denn zweisprachig?

Vielleicht haben Sie sich gefragt, warum Langenscheidt zweisprachige Lektüren für Kinder anbietet? Schließlich vertreten doch Pädagogen die Meinung, dass Schüler beim einsprachigen Unterricht am meisten lernen.

Was für den Schulunterricht richtig ist, gilt nicht unbedingt für Lektüren. Stellen Sie sich einmal vor, Ihr Kind lernt erst seit zwei oder drei Jahren Englisch und soll einen rein englischen Text lesen: Ein einfacher Text wird inhaltlich für Ihr Kind eher langweilig sein, weil man mit wenigen Vokabeln eben noch keine spannende Geschichte erzählen kann. Interessante Texte hingegen sind oft vom Vokabular und der Grammatik zu schwierig, sodass Ihr Kind nicht mitkommt.

Um Englisch für Ihr Kind leichter und spannender zu machen, sind unsere Lektüren daher zweisprachig.

Hauptfiguren unserer Lektüren sind immer deutsche Kinder, die aus einem bestimmten Grund mit der englischen Sprache konfrontiert werden, sie im Zusammenhang mit ihren Erlebnissen lernen und dabei durchaus auch Schwierigkeiten haben.

Die altersgerechte, fesselnde Handlung wird – aus der Perspektive der Hauptfiguren – auf Deutsch erzählt. Wenn diese sich aber mit englischen Kindern unterhalten, müssen sie natürlich Englisch sprechen. Die Dialoge sind daher auf Englisch.

Durch die Zweisprachigkeit wird Ihr Kind auf seinem Niveau abgeholt. Die Erfolgserlebnisse steigern die Motivation, wodurch wiederum das Lernen der neuen Wörter und Wendungen erleichtert wird.

Von all diesen Überlegungen bekommt Ihr Kind aber nichts mit. Es liest die Lektüre einfach mit Spaß und lernt ganz nebenbei, dass Englisch gar nicht so schwer ist.

Leo kommt an, Hunde verschwinden

Das also war Hammersworth. Als sie am Ortsschild vorbei waren, hatte sich Leo bereits an den Linksverkehr gewöhnt. Auch dass hier ausschließlich englisch gesprochen wurde, erschien ihm fast schon normal. Seine Tante Mary hatte seit London, also immerhin seit bald drei Stunden, beinahe ohne Punkt und Komma geredet. Leo hätte sicher alles verstanden, wenn er gewollt hätte. Er konnte sich in dieser Sprache einigermaßen verständigen, schließlich war sein Vater Engländer. Aber dafür dass Leo zweisprachig aufwuchs, war sein Englisch doch eher dürftig.
Das lag an seiner Mutter, die Hamburgerin war, an seinen Geschwistern, die Hamburger waren, und an seinem Heimatort, der Hamburg war. In Hamburg sprachen eben alle deutsch, und wenn man ein einigermaßen bequemes Kind war, so wie Leo, dann reichte einem das. Klar, mit seinem Vater musste Leo auch immer mal englisch reden, aber das beschränkte sich auf das Nötigste.
Leo lauschte der angenehmen, dunklen Stimme seiner Tante eher so, wie er Musik hörte, das heißt, er achtete nicht so sehr auf die Worte.
Er nickte immer wieder ein freundliches *Yes* in den Innenspiegel, wenn sie seinen Blick suchte.

"You'll see, you'll like it. Laura **is really looking forward to** your **visit**."

Laura war seine Cousine. Er hatte sie wohl schon einmal kennengelernt, behaupteten seine Eltern. Aber das war sehr lange her, vor ein paar Jahren, als Leo noch ein halbes Baby war. Und daran hatte er beim besten Willen keine Erinnerung mehr.

Laura war nicht mitgekommen nach Heathrow, um ihn vom Flughafen abzuholen, weil ihre Eltern auf keinen Fall wollten, dass sie die teure Geigenstunde ausfallen ließ.

"Yes", sagte Leo in den Innenspiegel und grinste seinem Onkel Walter ins Gesicht, der auf dem Beifahrersitz saß und sich zu ihm umdrehte. Onkel Walter war zwar der Bruder seines Vaters, aber ein völlig anderer Typ, das konnte man schon an Äußerlichkeiten erkennen. Dad trug gerne braune Cordanzüge und eine ordentliche Frisur, Onkel Walter bevorzugte eine abgeschabte Lederjacke, Jeans und wilde lange Haare, obwohl er schon über fünfzig Jahre alt war.

"And you'll like Hammersworth too. **Some** people say **that** it's **more exciting than** Hamburg." Onkel

---

is really looking forward to freut sich sehr auf
visit Besuch
some manche
that dass
more exciting aufregender
than als

Walter grinste, Tante Mary grinste, also grinste auch Leo.
Hammersworth aufregender als Hamburg? Das wird wohl dieser englische Humor sein, von dem er schon eine ganze Menge gehört hatte, aber auch jetzt wusste er nicht so recht, was damit eigentlich gemeint war.

Endlich waren sie angekommen: 12 Kings Road, ein typisch englisches Einfamilienhaus in einer englischen Siedlung am Rande einer kleinen englischen Stadt. Das hieß, eigentlich war das Haus nur ein Teil eines endlos langen zweistöckigen Hauses mit vielen Eingängen hinter kleinen Vorgärten.
Kaum hatten sie am Straßenrand angehalten, da stand Laura schon neben dem Auto.
So groß wie Leo, so blond wie Leo und genauso viele Sommersprossen. Sie grinste ins Auto und Leo merkte, wie er nervös wurde, obwohl er das gar nicht wollte. Noch bevor er dazu kam, die Tür zu öffnen, riss Laura sie von außen auf und rief "Hello, Leo!" ins Wageninnere. Blond und überhaupt nicht schüchtern.
Leo war noch nicht ganz aus dem Auto heraus, da schüttelte sie ihm schon überschwänglich die Hand.
Onkel Walter hatte bereits den Rollkoffer aus dem Kofferraum herausgehievt, Tante Mary fischte die Post aus dem Briefkasten und schloss die Haustür auf.

"It's great that you**'re spending** your holiday with **us**!", plapperte Laura weiter und strahlte übers ganze Gesicht. "**All** of my friends **have gone away** and I **was afraid** it **was going to get pretty** boring."
Leos Nervosität legte sich schnell, als er mit Onkel Walter und Laura durch den Garten auf die Haustür zusteuerte. Laura gab ihm sofort das Gefühl, dass er dazugehörte, und er spürte, dass ihre Freude echt war.
Drinnen bemerkte Leo gleich den Unterschied zu seinem Zuhause. Sein Vater war Mathelehrer, also eher etwas nicht so Aufregendes, nichts, womit man Eindruck schinden konnte. Und als wäre das nicht schon genug, war seine Mutter auch noch Physiklehrerin. So war Leos Leben in Deutschland eine sehr ordentliche Angelegenheit – Ordnung in der Wohnung, Ordnung in den Köpfen, Ordnung im Tagesablauf.
Als Leo hinter seinem Onkel und Laura ins Wohnzimmer kam, da merkte er gleich, dass hier ein anderer Wind wehte. Von außen war es ein Reihenhaus wie alle anderen, aber innen!

are spending verbringst
us uns
all alle
have gone away sind weggefahren
was afraid habe befürchtet
was going to get würde werden
pretty ziemlich

My dad went to Poppenbüttel and all I got was this lousy T-shirt!!!
ATTENT

Tante Mary war Malerin, überall hingen ihre knallbunten Bilder an den Wänden. Die Dschungelmotive darauf sahen so ähnlich aus wie das Muster ihres indischen Flatterkleides. Neben dem großen Fenster im Wohnzimmer stand eine Staffelei, daneben ein kleiner Tisch mit einer Palette und zerdrückten Farbtuben darauf.

Und dann waren da in Reih und Glied gleich etliche Gitarren, zwei akustische mit sechs und zwei mit zwölf Saiten, und eine elektrische. Riesige Lautsprecher, die jeder Liveband alle Ehre gemacht hätten, füllten das halbe Wohnzimmer.

"Hey, five guitars **lined up** next to **each other**. **Just like** in a shop", staunte Leo.

"**Have** you **already forgotten**?", antwortete Onkel Walter. "I'm a **guitarist**! **These** babies are my **tools**. And in the studio in the **basement** **I've got** **even more** of **them**."

---

lined up aufgereiht
each other einander
just like genau wie
already schon
have forgotten hast vergessen
guitarist Gitarrist
these diese
tools Werkzeug
basement Keller
have got habe
even more noch mehr
them ihnen

"You've got a studio in the basement?", staunte Leo. "Cool!"
Onkel Walter nickte.
"Yes, yes; I sometimes **record** a demo **there**. Do you want to see the studio?"
Bevor Leo antworten konnte, sagte Tante Mary, die hinter ihm stand: "Leo is coming with us to the **concert this evening**!" Sie warf den Autoschlüssel im Flur auf die Kommode und kam mit energischen Schritten ins Wohnzimmer.
"Uncle Walter is giving a concert this evening?" Leo wandte seinen Kopf nach hinten und sah seiner Tante in die Augen. Sie nickte.
"Yes", sagte Onkel Walter. "I'm playing with **a few** friends in a **pub**."
"Great", sagte Leo.
Onkel Walter sah auf seine Uhr und hob die Augenbrauen.
"I'm going down to the studio. I **still have to practise**. Do you want to come with me?"

---

record nehme auf
there dort
concert Konzert
this evening heute Abend
a few ein paar
pub Kneipe
still noch
have to muss
practise üben

"Doesn't Leo want to come with *me*?" Das war jetzt Laura, die in der Wohnzimmertür stand und irgendwie den Eindruck machte, als wäre sie schon spät dran und müsste schleunigst den Bus erwischen, um rechtzeitig zu einem Termin zu kommen. "**Come on**, Leo, **I've got to** go!"

"Where have you got to go to?", fragte Leo und staunte, wie beschäftigt die Familie an einem Samstagnachmittag war. Und es gefiel ihm, dass man sich um ihn zu reißen schien. So kam bestimmt keine Langeweile auf.

"I've got to **visit** an old man and **walk his dog**. I **earn** a few **pounds** every week doing **that**." Laura blickte auf ihre Armbanduhr. "It's **almost** four o'clock. Time to take Jack for his walk."

Leo überlegte kurz, dann nickte er Laura zu.

"Is that okay?", fragte er Onkel Walter.

"The studio isn't going to **run away**", sagte Onkel

Come on. Komm schon.
have got to muss
visit besuchen
walk his dog seinen Hund ausführen
earn verdiene
pounds Pfund
that das
almost fast
run away weglaufen

Walter und hob verständnisvoll seine Hände. "**I'll show** it to you tomorrow."
"Good idea", sagte Tante Mary. "You two go **out** with Jack. Leo can **get to know** Hammersworth **a bit**."
"**Bye bye!**", rief Laura ihren Eltern zu und gab Leo mit einer Kopfbewegung das Zeichen zum Aufbruch.
"See you later!", rief Leo über die Schulter und folgte Laura nach draußen. Er hatte Mühe, mit ihr mitzuhalten. Bei jedem ihrer forschen Schritte baumelte ihr Pferdeschwanz von einer Seite auf die andere. Draußen auf der Straße holte er sie mit einem kleinen Sprint ein.
"We**'re late**!", sagte Laura. "It's not **far** from **here**, **just** down the street, **then** right, and it's the next **side street**. That's where Mr Nicholson lives. He's a nice old man."

---

will show werde zeigen
out raus
get to know kennenlernen
a bit ein bisschen
Bye bye! Tschüss!
are late sind spät dran
far weit
here hier
just nur
then dann
side street Seitenstraße

Sie gingen weiter die Straße mit den gleichförmigen Häusern hinunter und bogen in die nächste ab, die genauso aussah wie auch die folgende. Immer wieder dieselbe Art Haus, nur die Türen waren unterschiedlich, mal aus Holz, mal aus Glas mit einem Metallrahmen, manche blau, manche rot, manche grün. Am Ende der Straße wurde Leo auf ein Plakat aufmerksam, das an einer Hausmauer hing. Darauf war ein blütenweißer Pudel abgebildet, der kaum noch Ähnlichkeit mit einem normalen Hund hatte. Die hintere Hälfte des Hundes war geschoren, während die vordere Hälfte ein dichtes, flauschiges Fell schmückte. Auch die Beine waren kahl geschoren, bis auf jeweils ein kleines Fellbällchen kurz vor dem Boden. Und auf dem Kopf eine alberne Frisur. Der Pudel sah ziemlich bescheuert aus.

Unter dem Foto las Leo die Zeilen:
"**Dog Show**
Sunday, July 23rd."
Leo stupste Laura mit dem Ellenbogen und zeigte auf den Pudel.
"Is Mr Nicholson's dog Jack like this one?"
"**For goodness' sake**, no", gluckste Laura und verdrehte ihre Augen. "I'd **never** walk a dog like **that**.

---

dog show Hundeschau
For goodness' sake! Um Himmels willen!
never nie
that diesen

I'd be too **embarrassed**! Jack is a sweet **little** terrier who **wouldn't even** win a **dog bowl** at a **beauty contest**."

"That **poodle** looks **completely ridiculous**!"

Laura nickte.

"They have that show here every year. That week the town **is crawling with pedigree dogs**", erklärte sie. "They're **groomed** like little dolls and have to **strut about on stage** with their **owners**. **Whether** they want to or not. I never go to it. I think it's **totally stupid**."

Sie gingen noch ein gutes Stück geradeaus und bogen dann nach links ab. Die Umgebung veränderte sich – hier schien Hammersworth zu Ende zu sein. Leo

---

I'd be embarrassed das wäre mir peinlich
little kleiner
wouldn't even würde nicht mal
dog bowl Hundenapf
beauty contest Schönheitswettbewerb
poodle Pudel
completely vollkommen
ridiculous lächerlich
is crawling with wimmelt von
pedigree dogs Rassehunden
groomed frisiert
strut about herumstolzieren
on stage auf der Bühne
owners Besitzer(innen)
whether ob
totally total
stupid dumm

sah nicht weit vor sich einen Waldrand und unter den ersten Bäumen des Waldes vereinzelte Villen.
"That old house **over there**", sagte Laura und streckte ihren Arm aus. "That's Mr Nicholson's house."
Ein bisschen unheimlich war das Haus, dachte Leo, als sie vorm Zaun standen und sein Blick über die Fassade wanderte. Ein kleiner Erker über der Eingangstür, von dem der Putz abblätterte, schiefe Fensterläden im oberen Stockwerk, Dachziegel, die teilweise gebrochen waren, und ein Garten, der seit Jahren weder Heckenschere noch Säge noch Harke gesehen hatte, geschweige denn einen Rasenmäher.

"A bit **creepy**, **isn't it?**", fragte Laura, der Leos skeptischer Blick nicht entging.
Im selben Moment, als Laura den Klingelknopf an der Gartenpforte drückte, hörten sie im Hausinneren ein wildes Kläffen. Die Stimme von Jack klang heiser, durchdringend.
Wenig später ging die Tür auf, der Hund stürmte nach draußen und ein älterer Herr auf wackeligen Beinen erschien und winkte.
"Hello, Laura!", rief er und hatte Mühe, das aufgeregte Winseln zu übertönen, in das das Bellen umgeschlagen war, als Jack das Gartentürchen erreicht hat-

---

over there da drüben
creepy unheimlich
isn't it? nicht wahr?

te. Voller Vorfreude sprang er an der Pforte hoch und wollte Lauras Hand ablecken.
“Hello, Mr Nicholson”, antwortete Laura und streichelte den kleinen Terrier. “It’s okay, Jack. We’ll go for a walk **now**. I’m a bit late, I know.”
Mr Nicholson kam mit langsamen Schritten herangeschlurft. In der rechten Hand baumelte die Hundeleine und seine Augen ruhten auf Leo, den er genau musterte. Leo wurde ein wenig mulmig, weil ihn Mr Nicholson so durchdringend ansah. Dann endlich lächelte der alte Herr wieder Laura an.
“Here’s the **lead**”, sagte er, bückte sich und leinte Jack an.
Jack begann wild zu zerren, kaum war er durch die Gartentür geschlüpft. Schnell schnappte Laura nach der Leine.
“**Calm down**, Jack!”, ermahnte sie ihn.
“Is that a friend with you?”, fragte Mr Nicholson und deutete mit einer Kopfbewegung in Leos Richtung.
“Yes”, antwortete Laura. “That’s Leo, my cousin from **Germany**. He’s spending his holiday here with us.”
“Hello, Leo”, sagte Mr Nicholson.
“Hello, Mr Nicholson.” Leo grinste ihn unsicher an.
Dann wandte sich Mr Nicholson wieder an Laura.

---

now jetzt
lead Leine
calm down beruhige dich
Germany Deutschland

“**Have** you **heard** the **latest news**?”, fragte er mit besorgter Miene.
“What?”, fragte Laura nach.
“**Another** dog **has disappeared**. This is the **sixth**. It’s **really** very **worrying**.”
“Not again! **Whose** dog **was** it this **time**?”
“I don’t know”, antwortete Mr Nicholson. “**Some mongrel** from the **other side** of town.”
“That’s **terrible**”, sagte Laura mit leisem Entsetzen in der Stimme.
“So **take** good **care of** my Jack. The best thing **would be** not **to let** him **off** the lead.”

have heard hast gehört
latest neuesten
news Nachrichten
another noch ein
has disappeared ist verschwunden
sixth sechste
really echt
worrying besorgniserregend
whose wessen
was war
time Mal
some irgendein
mongrel Mischling
other anderen
side Seite
terrible furchtbar
take care of … passt auf … auf
would be wäre
to let off loszulassen von

"Of course", antwortete Laura. "We'll take good care of him. We'll bring him **back home** in an hour."
"Have fun!", rief Mr Nicholson noch über die Schulter, als er in sein Haus zurückging.
"What's this about dogs disappearing?", wollte Leo gleich wissen, als sie die ersten Schritte in Richtung Wald machten.
Laura ließ sich mit der Antwort Zeit. Sie konzentrierte sich auf Jack, der nicht auf dem schmalen Gehsteig bleiben wollte. Immer wieder versuchte der Hund, über die Straße zu rennen. Wäre die Leine nicht gewesen und Lauras feste Hand – Jack hätte schon längst die Straßenseite gewechselt.
"Something **weird is going on**", antwortete Laura und erzählte Leo, was sie wusste.
Seit ungefähr zwei Wochen verschwanden in Hammersworth Hunde. Keiner wusste, wo sie geblieben sein könnten. Sie verschwanden einfach und tauchten nicht wieder auf. Alle Nachforschungen brachten nichts. Kein Förster hatte sie gesehen, kein Jäger hatte einen wildernden Hund erschossen. Normalerweise kommen Hunde bald wieder zurück, wenn sie mal eben abgehauen sind. Aber nichts. Und jetzt war schon wieder einer verschwunden.

---

back home zurück nach Hause
weird Seltsames
is going on ist los

"It's really creepy", schloss Laura.

"How **strange**", sagte Leo. "Maybe they**'ve been stolen** and used for animal **research**."

"What a horrible **thought**", sagte Laura angewidert.

Sie kamen an einen Weg, der nach rechts auf die Felder führte.

strange merkwürdig
have been stolen sind gestohlen worden
research Forschung
thought Gedanke

"**Normally** I let Jack off the lead here. But you heard what Mr Nicholson **said**. He**'s worried about** his dog, and I think he**'s right**."
"Why don't we go and look for the **missing** dogs?", fragte Leo. Jetzt war seine Neugier geweckt. "Ask a few questions. I'd like to **find out** where they've gone."
Laura schaute ihn fragend an und schmunzelte.
"What? **Investigate**?", sagte sie. "Are you a **detective**?"
Leo nickte. "**Not yet**, but I want to **become** one. It's got to be more exciting than being a school teacher."

---

normally normalerweise
said gesagt hat
is worried about macht sich Sorgen um
is right hat recht
missing vermissten
find out herausfinden
investigate nachforschen
detective Detektiv
not yet noch nicht
become werden

Kaum in England, schon Detektiv

Leos erster Tag in England war wirklich vollgepackt! Kaum waren sie vom Hundespaziergang zurück, empfing ihn seine Tante mit der Bitte, doch gleich einmal zu Hause anzurufen. Seine Eltern wollten ihn kurz sprechen.

Nach einem knappen "Ja-Mama-guten-Flug-gehabt-ja-ich-werde-die-Zähne-putzen-ja-ich-werde-im-Haushalt-helfen-und-auch-Abspülen"-, "yes-Dad-had-a-good-flight-yes-I'll-clean-my-teeth-yes-I'll-help-in-the-house-and-do-the-washing-up-too"-Telefonat war die Besichtigung des Tonstudios im Keller angesagt. Und da blieb Leo vor Staunen die Luft weg. Es sah aus wie in der Kommandozentrale eines Raumschiffes. Um einen lederbezogenen Drehsessel herum standen in einem Halbkreis Bildschirme, Computer und Schaltpulte mit Unmengen von Reglern und Anzeigeinstrumenten, überall leuchteten Kontrolllämpchen. Neben dieser Anlage: noch mehr Gitarren, ein Keyboard, ein Schlagzeug und ein Klavier. Fantastisch!

Leider konnte Leo sich das alles noch nicht so genau ansehen, wie er gerne gewollt hätte. Onkel Walter musste nämlich schon los, um den Bassisten der Band abzuholen und den Soundcheck zu machen. Leo

trank noch eine Tasse Tee mit Laura und Tante Mary, dann fuhren auch sie zum Pub.
"It's not a big concert!", sagte seine Tante und schenkte ihm einen kurzen Seitenblick. "It's more like a **favour**. The owner of the pub is an old schoolfriend of Walter's and they play there **once a month**."
"And where does the band play the rest of the time?", wollte Leo wissen.
"**Well**", antwortete Tante Mary. "Sometimes at **parties**, or like **a few weeks ago**, at the **summer fête** at Laura's school."
"Is that all?", staunte Leo. "And you can all live from that?"
Tante Mary warf Leo einen schnellen Blick zu und musste lachen.
"No, no! I sell my **paintings**, and Walter plays in **a lot of** other bands too."
"What **kind** of bands?"
"**Everything** under the sun!", antwortete von hinten

---

favour Gefallen
once a month einmal im Monat
well also
parties Partys
a few weeks ago vor ein paar Wochen
summer fête Sommerfest
paintings Gemälde
a lot of vielen
kind Art
everything alles

Laura. "**There's** a big band Daddy plays in; – he**'s been** on television with them a few times. And he **works** as a session **musician**, too."
"Cool!" Leo war ein bisschen neidisch. Das Musikerleben schien ihm deutlich spannender als das Lehrerdasein seiner Eltern.

Der Pub war schon ziemlich voll, als sie eintrafen. Auf der rechten Seite sah Leo einen langen Tresen mit Barhockern, auf der gegenüberliegenden Seite die Tische, alles aus dunklem Holz, auch die Wände. Und am anderen Ende des lang gezogenen Raumes, dem Eingang gegenüber, war eine kleine Bühne für die Musiker.
"It's pretty full in here", sagte Laura und verzog leicht genervt das Gesicht.
Auch Leo konnte keinen freien Platz entdecken, bis Onkel Walter ihnen zuwinkte.
Links von der Bühne gab es noch einen Tisch mit freien Plätzen. Ein paar Notenblätter lagen herum und ein Gitarrenkoffer belegte zwei Stühle. Wie es aussah, war dieser Tisch für die Band reserviert.
"You can sit here", sagte Onkel Walter mit einem

there's es gibt
has been ist gewesen
works arbeitet
musician Musiker

freundlichen Lächeln. "It's **reserved** for us. **Order yourselves** something to drink - you're with the band now. Make yourselves **comfortable**, the show**'s about to start**."
Leo setzte sich, schaute zur Bühne und fühlte sich großartig. In einem echten englischen Pub an dem Tisch zu sitzen, der für die Musiker reserviert war, wie ein VIP! Was wollte er mehr?
Die drei anderen Musiker begrüßten seine Tante, Laura und ihn, und kaum hatte sich Leo eine Limonade bestellt, begann die Band auch schon mit ihrem ersten Stück.
"One, two, three, four!", zählte der Schlagzeuger ein und schon ging es mit Volldampf los. Laut und schnell.
Keine Ahnung, wie die Musikrichtung hieß, die sie da spielten, am ehesten wohl Rock oder Blues, dachte Leo und sah zu, wie sich der Schlagzeuger, der Bassist und der andere Gitarrist ins Zeug legten. Onkel Walter spielte auch Gitarre und sang. Er hatte eine röhrende Stimme, die bei Leo eine angenehme Gänsehaut hervorrief.
Nach sieben Stücken machten sie eine Pause und die

reserved reserviert
order bestellt
yourselves euch
comfortable bequem
is about to start fängt gleich an

Musiker setzten sich zu ihnen an den Tisch. Und Leo musste sich schon konzentrieren, um den Gesprächen folgen zu können.
"What do you think of the music?", wollte der Schlagzeuger von ihm wissen.
"Great!", schwärmte Leo. "I love it!"
"Is this your first time in England?", fragte der Bassist.
"Yes", antwortete Leo einsilbig. Es war ziemlich anstrengend, gleich am ersten Tag die ganze Zeit englisch zu sprechen.
Er sah sich im Pub um und schaute sich die Leute an, als ihn dann doch etwas im Gespräch der Musiker aufhorchen ließ. Ein Gesprächsfetzen, das Wort "Dognapping" war gefallen.
"Have you heard?", fragte der Gitarrist. "**Someone is up to no good**. All these dogs disappearing **without a trace**."
"**Right**", antwortete Tante Mary. "I **saw** it in the **newspaper**. It's all very worrying."
"And now it**'s happened** again", sagte der Bassist.

---

someone jemand
is up to no good führt nichts Gutes im Schilde
without a trace spurlos
Right. Genau.
saw habe gesehen
newspaper Zeitung
has happened ist passiert

"Yes", schaltete sich da Laura ein. "Another dognapping. It's the sixth one already."
Der Bassist schüttelte den Kopf. "No, it's the **seventh**!", sagte er. "This time it was Arco, Mrs Taylor's famous Irish setter."
"What?", fragte Laura ungläubig. "Arco? He **won** the dog show last year!"
"**Yeah**", ergänzte Onkel Walter. "He did - for the **third** time **in a row**."
Die Pause war zu Ende, die Musiker gingen wieder auf die Bühne und setzten ihr Programm fort. Bei aller Begeisterung für die Musik musste Leo ständig an die mysteriöse Geschichte um die verschwundenen Hunde denken.
Das war ja schon sehr sonderbar, und Leo merkte, dass er dieses Geheimnis zu gerne lüften würde.

---

seventh siebte
won hat gewonnen
yeah ja
third dritte
in a row hintereinander

Wir übernehmen den Fall

Am nächsten Tag holten Leo und Laura den Terrier Jack von Mr Nicholson wieder zu einem Spaziergang ab. Mr Nicholson hatte bereits von den erschreckenden Neuigkeiten erfahren.
“Please don’t let my Jack off the lead!”, rief er ihnen zu. “And keep your eyes **open**!”
Er schien echt besorgt und wirkte verloren, als er sich langsam am Gartentor umdrehte und ins Haus zurückging.
Leo und Laura machten sich mit Jack an der Leine auf den Weg. Aber anders als Laura, die wieder den Wald ansteuerte, zögerte Leo. Er hatte da eine Idee.
“Laura”, sagte er. “Do you know where Mrs Taylor lives?”
Laura blieb stehen und drehte sich nach Leo um, der ein paar Schritte hinter ihr geblieben war.
“Yes”, sagte sie. “Not far from here. Why?”
“Well …” Leo druckste ein bisschen herum. “I was **just** thinking that we **could pay** her **a visit**. **I’d be interested** to find out how this Arco disappeared.”
Laura legte ihren Kopf schief, schwieg eine Weile und

---

open offen
just gerade
could könnten
pay a visit besuchen
I’d be interested es würde mich interessieren

sah Leo fragend an, bis sich ihr Gesicht zu einem Grinsen verzog. “Oh, I **forgot**. You want to be a detective.”

“Well”, sagte Leo nur. “It would be interesting to know, **wouldn’t it?** Are the police already investigating?”

“**No idea**”, antwortete Laura und hatte Mühe mit der Leine, an deren Ende Jack winselnd in Richtung Wald zog.

“There’s a small **path beside** the last **row** of houses. It’s not far. **If** we walk **along** there, we’ll come to Mrs Taylor’s house. Jack’ll have **plenty of** grass and bushes **to sniff around in** there.”

“Okay”, sagte Leo.

Das war nach seinem Geschmack. Einen Kriminalfall aufklären. Da konnten die Ferien nicht langweilig werden und er würde viel zu erzählen haben, wenn er wieder in Hamburg war.

---

forgot vergaß
wouldn’t it? nicht wahr?
No idea. Keine Ahnung.
path Pfad
beside neben
row Reihe
if wenn
along entlang
plenty of reichlich
to sniff around in zum Herumschnüffeln

Der Weg war ein schmaler Trampelpfad am Ende des Ortes. Links die Gärten der letzten Häuser von Hammersworth und rechts der Wald. Laura hatte ihre Mühe, auf dem Weg zu bleiben. Jack wäre zu gerne in den Wald gerannt und zerrte an seiner Leine.
“**Stop it**, Jack!”, schimpfte sie. Aber Jack war nicht gerade das, was man einen wohlerzogenen Hund nennen konnte, und Leo zweifelte ernsthaft, ob der kleine Racker je wieder zurückkommen würde, wenn man ihn laufen ließe. Der brauchte ganz sicher keinen Hundeentführer, um spurlos zu verschwinden!
Der Weg mündete in eine Querstraße, die genauso aussah wie die, in der Laura wohnte. Zu beiden Seiten zogen sich auch hier endlos lange Häuserzeilen entlang. Obwohl alles gleich aussah, zumindest in Leos Augen, stiefelte Laura zielgenau auf ein Haus zu und blieb vorm Eingang stehen.
“This is where Mrs Taylor lives”, sagte sie und drehte sich nach Leo um. “She’s our **local celebrity**. **Shall I ring the doorbell**? What do we want to ask her?”
Plötzlich zögerte Leo. Es ging ihm jetzt doch alles ein bisschen zu schnell. Gerade noch war er bloß in seiner

Stop it. Hör auf damit.
local hiesige
celebrity Prominente
shall I soll ich
ring the doorbell klingeln

POST

Fantasie ein großer Privatdetektiv, der eine geheimnisvolle Hundeentführungswelle in einer englischen Kleinstadt aufdeckte und Fernsehinterviews gab, und schon ging es tatsächlich los.
Er war hier doch nur als Tourist in einer fremden Stadt. Was sollte er da eine wildfremde Frau fragen? Leo merkte, dass er sich ein bisschen weit aus dem Fenster gelehnt hatte.
Laura schien seine Unentschlossenheit zu spüren.
“So, Sherlock Holmes”, sagte sie und grinste. “Now that we're here, we're going to talk to her.”
Sie drückte den Klingelknopf. Eine Weile geschah nichts. Dann hörten sie Schritte im Hausflur. Durch das Milchglas der Eingangstür erkannte Leo schemenhaft die Umrisse zweier menschlicher Gestalten und er hörte Stimmen, eine weibliche und eine männliche.
Dann öffnete sich die Tür und Leo rutschte vor Schrecken das Herz in die Hose. Denn vor ihm stand ein englischer Polizist, fast zwei Meter groß und beinahe genauso breit, dunkle Uniform und die Mütze mit der karierten Umrandung unter den Arm geklemmt. Damit hatte er nun echt nicht gerechnet.
Auch Jack schien von der Uniform beeindruckt zu sein. Er ging in Habachtstellung, zog den Schwanz ein und kläffte dreimal laut. Dann aber wedelte er mit dem Schwanz und schnüffelte interessiert am Hosenbein des Polizisten.

"Ah! You have **visitors**", sagte der zu Mrs Taylor, die jetzt neben ihm im Hausflur stand.
"Visitors?", fragte Mrs Taylor. Sie sah aus wie eine Filmschauspielerin und schaute überrascht zu Laura und Leo.
"Did you want to see me?"
"Yes", antwortete Laura beherzt, und Leo war froh, dass sie das Reden nicht ihm allein überließ.
"Hello, **Officer** Darling!", grüßte Laura den Polizisten.
"Mrs Taylor", wandte sie sich gleich an die Frau. "I'm really sorry about what's happened to Arco. We wanted to ask whether there was **any** news, and whether we could help **at all**. Oh, sorry, I **have**n't **introduced myself**! I'm Laura Rappaport and that's …", sie zeigte auf Leo, "… that's Leo Rappaport, my cousin from Germany. He's spending his holiday here."
Mrs Taylor nickte ihnen zu, sagte aber nichts weiter.
"Officer Darling", richtete Laura das Wort an den Polizisten, der gerade gehen wollte. "**Have you found anything out yet**?"

---

visitors Besuch
Officer Wachtmeister
any irgendwelche
at all überhaupt
have introduced myself habe mich vorgestellt
anything irgendetwas
have you found out haben Sie herausgefunden
yet schon

Officer Darling wandte sich zu Laura und schüttelte den Kopf.
"No", antwortete er. "We're still completely in the **dark**."
"Are there any **clues**?", mischte sich Leo ins Gespräch. Er wollte den Fall schließlich nicht ganz seiner Cousine überlassen.
Officer Darling grinste kurz und sah Laura und Leo abwechselnd an. Dann schüttelte er den Kopf.
"No", antwortete er. "It's **exactly** like the other **cases**. The dogs disappear, **either** on their walks when they're running around off the lead, **or** from their gardens after dark. There are **no** clues, nothing that can tell us anything about who's taking them."

"**What about** the others? **Were** they all pedigree dogs like Arco?", hakte Leo nach, denn je genauer er Bescheid wusste, desto eher konnte er sich ein Bild von der Sache machen.
"No, no", sagte Officer Darling. "Totally normal dogs **belonging to** totally normal people."

---

dark Dunkeln
clues Hinweise
exactly genau
cases Fälle
either ... or entweder ... oder
no keine
what about was ist mit
were waren
belonging to ... die zu ... gehören

Dann nach einer kleinen Pause: "So you two are detectives, are you? Well, keep your eyes open. The police can use any **help** they can get with this one."
Er verabschiedete sich von Mrs Taylor, versprach, sich sofort zu melden, sobald es Neues von ihrem Arco geben sollte, setzte seine Mütze auf und ging.
Mrs Taylor stand unschlüssig in der Haustür, aber Jack hatte offensichtlich genug von diesem Besuch und zerrte wieder an der Leine. Er wollte die Straße hinunter und in etwas Interessanterem herumschnüffeln als dem kleinen Vorgarten von Mrs Taylor.
"Did Arco disappear from your garden, **then**?", fragte Leo.
Mrs Taylor nickte.
"Yes", sagte sie. "At **about** seven o'clock in the evening I let him out into the garden, and when I went to **call** him back into the house about an hour later, he was **gone**."
Sie war den Tränen nahe und seufzte kurz auf.
"If **only** I'd watched him **more carefully**. I should never have let him **out of** my **sight**."

---

help Hilfe
then also
about ungefähr
call rufen
gone weg
only nur
more carefully vorsichtiger
out of sight aus den Augen

"**May we take a look at** your garden?", fragte Leo. Mrs Taylor schien sich über die Frage zu wundern, nickte aber und winkte Laura und Leo herein.
"May Jack come too?", fragte Laura.
"Yes, **all right**. Go through the house, the garden is **at the back**. Your dog can come too, **I don't mind**."
Der Garten war klein und grenzte direkt an den Wald. Während Laura nicht recht wusste, was sie hier sollte, ging Leo wichtigtuerisch am Zaun entlang und suchte nach Spuren.
Er schaute hinter ein paar Sträucher, bog vorsichtig ein paar Blumen im Beet zur Seite, beugte sich suchend über den Zaun, hob einen Stock auf, musterte ihn aufmerksam und warf ihn wieder weg. Er fand nichts, aber auch gar nichts, was die Ermittlungen weiterbrachte. Dennoch schienen seine forschenden Blicke Mrs Taylor zu beruhigen. Das Interesse der Kinder am Verschwinden ihres Arco gefiel ihr, auch wenn sie jetzt mit Leo und Laura ohne neue Erkenntnisse wieder ins Haus zurückging.
"Do you want to help me find Arco again?", fragte sie.
Leo nickte.

---

may we dürfen wir
take a look at … einen Blick auf … werfen
all right in Ordnung
at the back hinten
I don't mind. Dagegen habe ich nichts.

"You know what? **I'd** already **thought about employing** a **private detective**. It looks **as if** the police are completely **baffled**. The big dog show is in just four weeks, and Arco **is supposed to take part in** it again ... Oh, I do **miss** him!"
"We'll take the case!", verkündete Leo großspurig und sah sich im Wohnzimmer um. "**By the way**, do you **perhaps** have a photo of him?"
Was ja fast eine blöde Frage war, denn die ganze Wohnung hing voll davon. Sogar ein Ölbild über dem Kamin zeigte Arco und Mrs Taylor.
"Here!", sagte Mrs Taylor und nahm ein Foto vom Schreibtisch. "This one looks **most** like him."
Sie überreichte es Leo, der beinahe laut losgelacht hätte. Auf dem Foto waren Mrs Taylor und Arco zu sehen, und auf Anhieb war kaum zu erkennen, wer Frauchen und wer Hund war. Dieselbe Haarfarbe, derselbe Blick, sogar die Frisur war gleich.

---

had thought about employing ... hatte daran gedacht, ... zu engagieren
private detective Privatdetektiv(in)
as if als ob
baffled ratlos
is supposed to soll
take part in teilnehmen an
miss vermisse
by the way übrigens
perhaps vielleicht
most am meisten

"**Thank you very much**, Mrs Taylor", sagte Leo und wedelte zwei-, dreimal mit der Fotografie. "We'll take the case! You'll hear from us very **soon**!"

Thank you very much. Vielen Dank.
soon bald

Was essen eigentlich Chinesen?

Laura und Leo hatten Jack gerade bei Mr Nicholson abgegeben und waren auf dem Heimweg. Leo hatte Laura mit seiner Idee, den Fall aufzuklären, angesteckt. Sie kamen auf die wildesten Theorien, wer die Hunde gekidnappt haben könnte. Womöglich waren gemeine Tierfänger unterwegs, die für Versuchslabore alles einfingen, was zu arglos war oder nicht schnell genug wegrannte. Oder geistig gestörte Hundehasser, Wölfe oder gar Bären, die in der Gegend ihr Unwesen trieben.

"Or maybe these **disappearances** are a tsunami **warning**", mutmaßte Leo. Er hatte davon gehört, dass es bei der großen Tsunamikatastrophe in Südostasien Minuten vor der großen Welle mucksmäuschenstill gewesen ist. Alle Tiere waren davongelaufen, weil sie die kommende Flutwelle gespürt hatten. Tiere hatten für so was angeblich einen siebten Sinn.

"Leo", meinte Laura. "**You can't be serious!**"

"England, as you well know, is an island **surrounded by** water", beharrte Leo.

"Leo!", sagte Laura und verdrehte die Augen. "A tsunami! What are you saying? When is it going to **get**

---

disappearances Verschwinden
warning Warnung
You can't be serious! Das meinst du doch nicht ernst!
surrounded by ... von ... umgeben

here? The first dogs **vanished several** days ago. And if it's a tsunami warning, why haven't all the other dogs run away too?"

"Because they're on the lead?", entgegnete Leo, zuckte aber unsicher die Schultern. Er glaubte selber nicht an diese Idee. Sie lebten hier in Nordeuropa. Da gab es nur wenige Erdbeben, und wenn überhaupt, dann nur sehr schwache.

Keine Frage, die spontane Begeisterung, die ihn gestern erfasst hatte, war heute schon merklich kleiner.

Um nichts unversucht zu lassen, wollten die beiden Jack als Spürhund einsetzen.

"Where's Arco? **Have** you **found** a **scent**? Come on! **Search for** Arco!", forderte Laura den Hund auf.

Aber ohne Erfolg. Ergebnis gleich null. Jack hatte entweder keine Lust, oder verstand nicht, was sie von ihm wollten.

Und jetzt, auf dem Rückweg von Mr Nicholson, da ließen sie die Köpfe hängen.

"Maybe it was the **cooks** from the local **Chinese** restaurants", sagte plötzlich Leo, als er vor sich auf der

---

get here ankommen
vanished sind verschwunden
several mehrere
have found hast gefunden
scent Spur
search for suche nach
cooks Köche
Chinese chinesischen

Straße ein Stück Müll sah. Es war so eine Schachtel, in die beim Chinesen das Essen zum Mitnehmen kam.
“Don’t Chinese people **also** eat dogs? Maybe they use the dog meat and tell the **guests** it’s **pork**. With all **those exotic spices**, **no one** would **be able to tell the difference**. There was a **scandal** like this in London last year; I **read** about it. Some Chinese restaurants **gave cat food** to their guests. **Can you imagine?**”
“That’s **disgusting**!” Laura verzog angewidert ihr Gesicht, wurde aber schnell nachdenklich. “But you know what? **You might be onto something**”, sagte sie schließlich.

---

also auch
guests Gästen
pork Schweinefleisch
those diesen
exotic exotischen
spices Gewürzen
no one niemand
be able to können
tell the difference den Unterschied bemerken
scandal Skandal
read habe gelesen
gave haben gegeben
cat food Katzenfutter
Can you imagine? Kannst du dir das vorstellen?
disgusting widerlich
You might be onto something. Du bist vielleicht der Sache auf der Spur.

Auf dem Heimweg diskutierten sie hin und her, ob es sinnvoll war, in diese Richtung zu forschen. Sie merkten, dass sie der Gedanke daran nicht mehr losließ. Anders als die Tsunami-Theorie von vorhin erschien ihnen dieser Verdacht durchaus plausibel.

"There's only one Chinese restaurant in Hammersworth", sagte Laura. "We could easily pay them a visit."

"Good idea, Watson", meinte Leo.

"Thank you, Sherlock!", gab Laura grinsend zurück.

Onkel Walter machte ihnen die Haustür auf.

"Ah, there you are. You know what? Aunt Mary and I aren't in the **mood for cooking** tonight. How would you like to go out for dinner instead? I was thinking perhaps Chinese."

"Chinese?!", entfuhr es Laura.

"Chinese!?", fragte Leo gleichzeitig.

"Cool!", setzte er geistesabwesend nach. In seinem Kopf rasten die Gedanken. Was für ein Zufall!

"It's a good idea, isn't it?", sagte Onkel Walter. "Mary**'s shopping** in town. We'll **meet** her at 7.30, at the *Peking* ***Palace***. I'll **reserve** a table."

---

mood Stimmung
for cooking zu kochen
is shopping kauft ein
meet treffen
palace Palast
reserve reservieren

Onkel Walter ging ans Telefon, nahm den Hörer ab und wählte eine Nummer.
Laura sah ein wenig verzweifelt aus, aber Leo flüsterte ihr zu: "**What luck!** We can start our **investigation right away**."

Tante Mary erwartete sie schon am Tisch im hinteren Teil eines großen Restaurants. Es war ein typischer Chinese, wie ihn Leo auch aus Deutschland kannte. Dekoriert mit Drachen, Landschaftsbildern wie aus einer chinesischen Fabelwelt, hübschen kleinen Laternen und roten Lampions.
"There you are!", rief Tante Mary ungeduldig, aber erfreut aus. "I can **hardly** wait to **order**, **I'm starving**. I could order the **whole menu**."
Sie wedelte mit der Speisekarte und gab Onkel Walter einen Kuss.
"Now sit down, all of you; **hurry up** and **choose**."

What luck! So ein Glück!
investigation Ermittlungen
right away sofort
hardly kaum
order bestellen
I'm starving ich sterbe vor Hunger
whole ganze
menu Karte
hurry up beeilt euch
choose wählt

Leo setzte sich. Sein Platz war aber so ungünstig, dass er sich keinen guten Überblick verschaffen konnte, ob das Essen auf den anderen Tischen verdächtig aussah. Außerdem fehlte ihm irgendwie der rechte Appetit.

Er stellte sich die Restaurantküche vor, die Kühlschränke, in denen präparierte Hundehälften nur darauf warteten, in kleinen Stücken in die Pfannen oder Kochtöpfe zu wandern. Laura schien es ganz ähnlich zu gehen.

Tante Mary beugte sich zu ihrer Tochter, deutete auf ein Gericht in der Karte und sagte:

"I can **recommend** that one. You had that the last time that we were here. **Stir-fried** vegetables in black bean **sauce**. It was **delicious**, **remember?**"

Ein stummes Nicken war Lauras Antwort, mehr nicht.

"And what about you, Leo?" Tante Mary schaute zu Leo, der ihr gegenüber neben Onkel Walter saß. "I **hope** you like Chinese **food**. Are you a **vegetarian**,

---

recommend empfehlen
stir-fried kurz gebratenes
sauce Soße
delicious lecker
remember? erinnerst du dich?
hope hoffe
food Essen
vegetarian Vegetarier

like Laura, or do you eat meat? The **sweet and sour** pork is really good."

Leo wusste nicht so recht, was er antworten sollte. Schweinefleisch süßsauer – dafür wäre er normalerweise gestorben. Beim *Man Wah*, wo er in Hamburg mit seinen Eltern manchmal essen ging, war das sein Leibgericht. Aber jetzt und heute ließ ihn die Vorstellung von *Irish Setter süßsauer* nicht los.

"I'll take the Szechuan spring vegetables", sagte er endlich.

Der Kellner kam, sie bestellten das Essen und auch die Getränke. Die Erwachsenen nahmen eine große Kanne Jasmintee und Laura und Leo einigten sich auf Lychee-Limonade.

Im nächsten Augenblick waren Onkel Walter und Tante Mary in ein Gespräch vertieft, in dem es um die Küche zu Hause ging, genauer um den Herd, der allmählich seinen Geist aufgab und für den Tante Mary in einem Laden heute einen geeigneten Ersatz gefunden hatte.

Laura und Leo saßen stumm am Tisch und überlegten, wie sie am besten mit ihren Nachforschungen anfangen konnten. Da entdeckte Leo am anderen Ende des Restaurants ein großes Aquarium. Das kam wie gerufen. Er fragte Tante Mary, ob er sich die Fische anschauen könnte, bis das Essen kam.

---

sweet and sour süßsauer

"Of course", antwortete Tante Mary und lächelte ihn an. "Take Laura with you, if you like."
Kurz darauf drückten Leo und Laura ihre Gesichter mit scheinbarem Interesse gegen die Scheiben des Aquariums. Die Fische darin waren zwar bunt und ziemlich exotisch, aber dafür hatten die beiden jetzt keinen Sinn.
"This is **crazy**!", flüsterte Leo.
"What is?", wollte Laura wissen.
"Well, normally sweet and sour pork is my **absolute** favourite", antwortete Leo. "But the thought that the meat might be from the missing dogs just makes me **feel sick**."

"I don't eat meat anyway. Animals are my friends and I don't eat my friends", sagte Laura und schielte dabei zur Tür der Restaurantküche.
Die Speisen wurden durch eine große Durchreiche hinter dem Tresen geschoben, wo die Kellner sie entgegennahmen. An der Schwingtür, die Laura und Leo genau im Blick hatten, tat sich lange nichts, bis sie auf einmal einen der Köche hindurchschlüpfen sahen, der mit einer Zigarette im Mundwinkel durch einen Hinterausgang auf den Hof verschwand.
"Come on!", flüsterte Leo Laura zu. "Let's look around."

---

crazy verrückt
absolute absoluter
feel sick übel werden

KITCHEN

"Where are you going?!", fragte Laura.
"To take a **quick** look at the kitchen."
"Leo ...!", zischte Laura ihm noch zu, aber weiter kam sie nicht, da war Leo schon durch die Tür gehuscht. Ihr blieb nichts anderes übrig, als ihm zu folgen.
Da standen sie nun in der Küche. Überall dampfte und brodelte und zischte es, die Köche wirbelten mit ihren Pfannen und Messern herum. Das Lokal war voller hungriger Gäste, dementsprechend gab es viel zu tun. An den Wänden hingen gerupfte Enten, Hühner und abgezogene Kaninchen an Haken. Aber keines der Tiere ähnelte einem bratfertigen Hund.
Wie aus dem Nichts stand auf einmal ein kleiner, rundlicher Chinese vor ihnen, ungefähr im selben Alter wie Leo und Laura. Kurzes schwarzes Haar und schmale Augen, aus denen der Junge Laura und Leo fixierte. Er fragte: "Hi! Who are you? Were you looking for the toilets?"
Leo und Laura schüttelten den Kopf. Sie fühlten sich ertappt.
"Erm, no", stotterte Leo. "We ... er, we ... just wanted to look around a bit. We saw the fish in the aquarium in the restaurant ..."
"Er, yes", ergänzte Laura. "And then we thought we'd

---

quick schnellen

take a look in here to see whether there were more of them …"

"Oh, this is just our kitchen", antwortete der Junge mit einer ausladenden Handbewegung. "But do you want to see something really exciting? Come with me!"

Ohne eine Antwort abzuwarten drehte er sich um und ging schnurstracks quer durch die Küche auf eine Tür zu, öffnete sie und winkte Laura und Leo in einen langen Flur.

"Is this where you live?", fragte Leo.

"Yes", antwortete der Junge, ging weiter voraus und winkte ihnen wieder. "The restaurant belongs to my parents. Come on!"

Das Wohnzimmer war eingerichtet wie die meisten Wohnzimmer, die Leo kannte. Eine Couchgarnitur mit einem niedrigen Tisch auf der einen Seite, eine Schrankwand gegenüber, darin ein Riesenfernseher. Der Unterschied zu anderen Wohnzimmern lag eigentlich nur in den Bildern mit chinesischen Schriftzeichen an der Wand und den Tierfiguren aus grünlichem Stein – Affen, Drachen und Adler, die überall herumstanden.

Halt, etwas Besonderes gab es hier schon: Auf dem Fensterbrett stand ein großer Glaskasten. Aber in diesem tummelten sich keine Fische im Wasser. Feiner Kies bedeckte hier den Boden und es gab ein paar Steine und Äste. Erst beim Näherkommen erkannte

Leo eine grün gemusterte Schlange, mindestens einen Meter lang.
"Cool!", entfuhr es ihm.
"Eek!", machte Laura leicht angeekelt und bekam tellergroße Augen.
Trotzdem presste sie wie Leo ihre Nase an die Glasscheibe und bestaunte dieses etwas gruselige Tier, das träge in sich zusammengeknotet unter einem Ast lag.
"What's that?", fragte sie.
"A python", antwortete der Junge.
"Wow!", meinte Leo mit echter Bewunderung. "A real **live** python!"
Er musste an einen Dokumentarfilm denken, den er im Fernsehen gesehen hatte. Eine Riesenschlange hatte da ein Kaninchen gefressen. Hatte die Kiefer ausgehängt und wie in Zeitlupe das arme Tier einfach so, ohne zu kauen, in sich reingeschlungen. Leo überlegte kurz, ob vielleicht Arco und die anderen Hunde als Futter in dieses Terrarium gewandert sein könnten …
Aber das war Unsinn, das wusste Leo gleich.
"By the way, I'm Paul Lee", sagte da der Junge.
"I'm Laura Rappaport", antwortete ihm Laura und richtete sich auf. "And that's my cousin Leo from Germany."

---

live lebendige

“Hi, Laura; hi, Leo! **Nice to meet you.**” Paul streckte ihnen die Hand entgegen.
“Hi, Paul!”, sagte Leo und reichte ihm die Hand.
Er konnte den Blick gar nicht mehr von der Schlange lassen. Aber er wusste, dass sie langsam wieder zurück an ihren Tisch mussten. Sicherlich würde bald das Essen kommen, und Onkel Walter und Tante Mary könnten überflüssige Fragen stellen.
“Hey, what does this kind of snake eat?”, wollte Leo schnell noch wissen. Er war einfach zu neugierig.
“Oh, **different** things”, antwortete Paul. “Its favourite food is mice or **rats**.”
“And what kind of things do you eat?”, hakte Leo nach. “**Is it true** that Chinese people also eat dogs?”
Das kam ihm einfach so über die Lippen. Er glaubte, mit diesem eleganten Übergang ganz unauffällig etwas aus Paul herauslocken zu können. Aber noch während er die Frage stellte, merkte er, wie blöde das klang. So als hätte Paul ihn ganz unvermittelt gefragt, ob die Deutschen Sauerkraut anstelle von Lametta über die Weihnachtsbäume hängen würden. Oder ob er sich ausschließlich von Bratwurst ernähren und schon als kleiner Junge Bier dazu trinken würde.

Nice to meet you. Freut mich, euch kennenzulernen.
different unterschiedliche
rats Ratten
is it true stimmt es

Paul schaute ihn lange fragend an, bevor er endlich grinste.
"Yes", antwortete er. "But not everywhere. Where my parents come from, they don't eat dogs. But there are **places** in China where it's completely normal."
"Then is it possible, **for example**, that Chinese people here in England might eat dogs too?", hakte Laura nach.
Wieder dieser lange fragende Blick von Paul. "**Do you by any chance mean** the dogs that have been disappearing around here?"
Plötzlich musste er schallend loslachen.
"So *that's* why you were in our kitchen. To see whether we were cooking the missing dogs of Hammersworth! Oh, man!"
Er konnte sich gar nicht mehr einkriegen vor lauter Lachen, und Leo und Laura kamen sich ziemlich bescheuert vor.
"Well …", war alles, was Leo dazu herausbrachte, und er schämte sich ein bisschen für seinen Übereifer.
"Are you two detectives?", fragte Paul, als er sich von seinem Lachanfall erholt hatte.
Leo nickte.
"Aha", sagte Paul. "Well, it's a very serious case, but

---

places Regionen
for example zum Beispiel
by any chance etwa
do you mean meinst du

believe me, we don't eat dogs here. I **certainly** don't. I'm **British**, and my favourite food is fish and **chips**. **However** ...", fügte er dann zögernd hinzu. "Hey, can I work with you?"
"On what?", fragte Leo.
"Investigating the disappearing dogs. **I'd love to** help you with it."
"Well, why not?", antwortete Laura und sah dabei Leo von der Seite an, der nach einer kurzen Pause ebenfalls nickte.
"Great!", rief Paul. "You see, I have my **suspicions** about this. I think I know who **might be behind it**!"
"Paul!"
In der Tür stand plötzlich ein Mann mit Kochjacke und einer weißen Kochmütze.
"Dinner time!"
"I'm coming, Dad! This is Laura and Leo. This is my father, the best Chinese cook in England: Mr Hiao Lee!", stellte Paul vor.
"Hi, Laura; hi, Leo!", sagte Pauls Vater freundlich.

---

certainly ganz bestimmt
British britisch
chips Pommes
however allerdings
I'd love to ich möchte sehr gerne
suspicions Verdachte
might be behind it dahinterstecken könnte

"Hello, Mr Lee!", antworteten Laura und Leo fast gleichzeitig.
"You're **welcome** to come and look at the snake **another** time, but my son has to come and have dinner now **before** he **loses too much weight**", sagte Mr Lee augenzwinkernd. "And your food is on the table, too."
Das ließen sich die drei nicht zweimal sagen. Plötzlich meldete sich Leos Magen mit einem lauten Knurren. Jetzt wo sie wussten, dass hier keine Hunde gekocht wurden, hatten sie doch ordentlich Hunger.
"Come on, let's go", sagte Laura, und zu Paul gewandt: "See you tomorrow morning at nine, **in front of** your restaurant."
"See you tomorrow!", rief Paul und zischte wie der Blitz zu seinem Abendessen. Auch Laura und Leo hatten es jetzt eilig, zurück an ihren Tisch zu kommen.

---

welcome willkommen
another ein anderes
before bevor
too much zu viel
loses weight abnimmt
in front of vor

Wenn der Postmann zweimal Liegestütz macht

Pünktlich um neun Uhr morgens trafen sich Leo, Laura und Paul wie verabredet vor dem Restaurant. Es gab schließlich eine Menge zu tun. Sie hockten hinter einer Hecke und schauten zwischen den dichten Ästen hindurch auf die Straße zu der verdächtigen Person.

Der Mann wäre ein bekannter Hundehasser, hatte Paul voller Überzeugung gesagt.

Seit einer Stunde schon folgten sie in sicherem Abstand Mr Locksmith, dem Postboten, in der Hoffnung, etwas Verräterisches in seinem Verhalten zu finden. Aber bisher: Fehlanzeige. Außer Briefeausteilen war nichts gewesen. Und eine Begegnung mit einem Hund hatte es auch nicht gegeben.

Trotz der vielen Briefe und Pakete, die er mit seinem Fahrrad auszutragen hatte, legte er ein ziemliches Tempo vor, denn Mr Locksmith war Sportler, ein ziemlich ehrgeiziger sogar, wie Paul erklärte.

Mr Locksmith war nicht nur der schnellste Postbote in Hammersworth, er lief auch Marathon, sogar bei Wettkämpfen. Er war der Champion in der Grafschaft.

Mr Locksmith war aber auch der Feind aller Hunde im Ort. Dieses Schicksal teilte er mit vielen anderen

Postboten auf der ganzen Welt. Hunde mögen es nun mal nicht, wenn ein Fremder täglich in ihr Revier hinterm Zaun eindringt, was man im Fall Locksmith deutlich an seinen zerrissenen Postbotenhosen sehen konnte. Deswegen war Paul fest davon überzeugt, dass Mr Locksmith wegen dieses Dauerkonflikts höchst verdächtig war.

Als dieser jetzt aus einem Hauseingang kam, sein Fahrrad schnappte und sich wieder auf den Weg machte, kamen die drei aus ihrem Versteck hervor und folgten ihm so unauffällig wie möglich.

"Come on, let's go! This **way**", flüsterte Paul und schnaufte. "**Actually** … stop! You two **follow** him, watch what he does, and I'll **check** the **situation** here."

Was sollte das jetzt? Laura fand, dass sich Paul gerade ein bisschen zu wichtig machte. Auch seine Kommandos nervten sie so langsam. Nur weil der dicke Paul seine Schwierigkeiten hatte mitzuhalten, brauchte er sie nicht vorzuschicken, um selber seine Ruhe zu haben.

"What's that supposed to mean?", beschwerte sie sich.

---

way Richtung
actually wobei
follow folgt
check kontrollieren
situation Lage

OR NOT ?!

"We're not your **petty officers**, you know. What kind of a situation is it that you want to check out?" Sie war plötzlich richtig sauer. "And what's with all this running?", beschwerte sie sich weiter und machte keinen Versuch, ihr Tempo zu erhöhen. "Nothing's happening!"

"True, but Mr Locksmith **is about to finish** work", antwortete Paul, wie um Entschuldigung bittend. "He lives at the **end** of this street, just over there **near** the fields. We can hide there, see what he does and where he's keeping the dogs."

"You know where Mr Locksmith lives?", mischte sich Leo ins Gespräch. Auch ihm war Pauls Übereifer nicht entgangen. Es hatte wirklich wenig Sinn, dem Briefträger hinterherzurennen, nur um zu beobachten, wie der seiner Arbeit nachging und die Post verteilte.

"Of course I know where he lives", antwortete Paul. "I already found that out. **Look**: there at the end of the road, that's his house."

"Okay", sagte Leo. "Then we don't need to run. We can just walk there and see what's going on."

"Right! We can do it like that!", sagte Paul.

---

petty officers Unteroffiziere
is about to finish ist gleich fertig mit
end Ende
near in der Nähe von
look schaut

Und so ließen sie Mr Locksmith ziehen und gingen in normalem Tempo die Straße hinunter.
Missstimmung lag in der Luft, für Leo und Laura war das alles längst nicht so eindeutig wie für Paul.
"You two are **absolutely** right!", sagte Paul, um Versöhnung bemüht. "We don't need to **wear ourselves out**. Mr Locksmith is **as good as caught**. I know we'll find the missing dogs at his house."
"What makes you so **sure**?", wollte Leo wissen.
"Just **wait and see**", antwortete Paul nur und lächelte geheimnisvoll vor sich hin.
Hammersworth sah hier ganz ähnlich aus wie in der Gegend, wo Mr Nicholson wohnte. Die langen Häuserzeilen zu beiden Seiten der Straße hörten irgendwann auf, und bevor die Getreidefelder anfingen, gab es auch hier noch ein paar einzeln stehende Häuser. Das Haus von Mr Locksmith hatte einen ziemlich großen Garten. Auf der einen Seite grenzte er an die Felder und auf der anderen Seite war dicht am Zaun ein Weg, der dort, wo die Felder begannen, nach links abbog und in den nahen Wald führte.
Diesen Weg gingen sie jetzt betont unauffällig, aber

---

absolutely vollkommen
wear ourselves out uns verausgaben
as good as so gut wie
caught geschnappt
sure sicher
Wait and see. Abwarten.

schnell entlang. Einsam war es hier. Weder im Garten von Mr Locksmith noch in den Gärten der Nachbarhäuser war jemand zu sehen.
Sie kamen ans Ende des Gartenzaunes. Anstatt dem Weg weiter in den Wald zu folgen, bogen sie nach rechts auf einen schmalen Trampelpfad, der Mr Locksmiths Garten von den Feldern trennte. Hier waren ein paar Büsche, hinter denen man sich sehr gut verstecken konnte, und genau das taten die drei nun. Sie drückten ein paar Zweige auseinander und schlüpften in die Büsche, sodass sie von keiner Seite aus zu sehen waren. Von hier aus hatten sie einen guten Überblick, doch im Moment war gar nichts Ungewöhnliches zu beobachten.
Der Garten war nicht sonderlich gepflegt. Der Rasen müsste mal wieder gemäht werden. Aber um das festzustellen, brauchten sie nicht in den Büschen zu kauern, fand Leo.
Nicht weit vom Haus entfernt stand ein alter Holzschuppen. Wenn man nur wüsste, was darin war! Vielleicht wären sie dann schon einen Schritt weiter? Eigentlich bräuchten sie nur am Zaun entlangzugehen, dann könnten sie auf der Höhe des Schuppens unbemerkt über den Zaun in den Garten klettern. Dann wären es nur noch zehn Schritte bis zum Schuppen. Das müsste eigentlich gehen.
Flüsternd unterbreitete Leo den anderen beiden seinen Vorschlag.

"We should take a look inside that shed."
"Fine!" Paul und Laura nickten.
Ein paar Minuten noch kauerten sie in ihrem Versteck, dann krochen sie aus den Büschen, schlichen am Zaun entlang, und als sie auf der Höhe des Schuppens angekommen waren, spähten sie noch mal in alle Richtungen. Sie vergewisserten sich, dass wirklich niemand in der Nähe war, und kletterten einer nach dem anderen über den Zaun.
Blitzschnell ging das, und Leo staunte, wie geschickt Laura war.
Paul brauchte etwas länger. Er hatte schließlich ein paar Kilos mehr hinüberzuhieven.
Sie drückten sich an die Holzwand des Schuppens und wagten sich mit kleinen Schritten bis zum Fenster vor. Vorsichtig schauten sie durch die trüben Scheiben.
Was sie da sahen, jagte ihnen den Schrecken in die Glieder. Sie trauten ihren Augen kaum.
"Do you see what I see?", flüsterte Paul mit bebender Stimme.
"What is that?", zischte Laura. Auch sie klang ziemlich aufgeregt.
"That's a dog!", sagte Leo.
"Mr Locksmith is keeping him **locked up**", flüsterte Paul.

---

locked up eingesperrt

"Yes, but he isn't moving", stellte Laura fest. "He's standing there like he's **frozen stiff**."
Und wirklich: In der Mitte des Raumes neben einer Werkbank auf der einen Seite und einem alten Schrank auf der anderen stand reglos ein Hund. Sie sahen ihn von hinten, aber Leo konnte erkennen, dass er Ähnlichkeit mit dem Hund auf dem Foto hatte, das sie von Mrs Taylor bekommen hatten.
Es war ein Setter.
"He's been **stuffed**", flüsterte er dann. "That's why he isn't moving."
"You see? **I told you so**! Mr Locksmith is as good as caught", trumpfte Paul auf.

"I don't believe it", zischte Leo. "He stuffs the dogs?"
"Eeeeeeuuuurgh!", sagte Laura angewidert. "How disgusting! It can't be true! Anyway, where are the rest of them?"
"Just wait and see", sagte Paul ganz so, als wäre er schon mal in dem Schuppen gewesen und wüsste, was da drin ist. "I **reckon** he**'s cut up** the others in an-

---

frozen stiff festgefroren
stuffed ausgestopft
I told you so. Wie ich es euch gesagt habe.
reckon vermute
has cut up hat zerstückelt

other room, where he can work on them **without** being **disturbed**."

Leo wollte in den Schuppen. Sofort! Er musste den Hund von vorne sehen, ihn mit dem Foto vergleichen, um sicher zu sein, dass es sich um Arco handelte.

Gerade als er die Schuppenecke erreicht hatte, hörte er die Terrassentür aufgehen. Sofort gingen die drei in die Knie und kauerten sich hinter einen Schubkarren. Sekunden später sahen sie Mr Locksmith im Sportdress im Garten auftauchen.

Er begann damit, ein paar Runden durch den Garten zu rennen, bis er innehielt, um auf der Wiese Liegestütze zu machen. Mr Locksmith war ein durchtrainierter Mann, der mit seinen Liegestützen so schnell nicht fertig wurde.

"This is getting boring", flüsterte Laura leicht genervt, als Mr Locksmith eine Ewigkeit später endlich aufhörte.

"Fifty-five", flüsterte Leo.

"No sixty!", antwortete Paul.

"Fifty-five!", wiederholte Leo.

"It was sixty. Want to **bet**?"

"No! It was fifty-five."

without ohne
disturbed gestört
bet wetten

"Sixty!"
"Fifty-five!"
"Would you two just **shut up**?", zischte Laura und sie beobachteten, wie Mr Locksmith an ein Reck wechselte, das am anderen Ende des Gartens stand. Er machte Klimmzüge.
Wieder eine halbe Ewigkeit.
"Thirty", flüsterte Leo.
"Right!" Paul klang ein bisschen neidisch. "I **can manage** five **at most**."
Ihnen blieb keine Zeit, das Thema weiter zu diskutieren, denn Mr Locksmith steuerte auf den Schuppen zu.

"**Watch out**", flüsterte Leo und duckte sich noch tiefer hinter den Schubkarren. Sie rührten sich nicht und gaben keinen Mucks von sich. Sie hörten das Knarren der Schuppentür und danach Schritte auf dem Holzboden. Vorsichtig standen sie auf und lugten durchs Fenster. Erstaunt sahen sie, wie sich Mr Locksmith eine Postuniform von einem Haken nahm und sie über den Sportdress zog. Danach setzte er sich eine Mütze auf den Kopf und ging direkt auf den Hund zu, der sich die ganze Zeit nicht bewegt hatte. Wie auch – er war ja ausgestopft.

---

shut up den Mund halten
can manage schaffe
at most höchstens
Watch out. Passt auf.

Die Kinder beobachteten, wie Mr Locksmith dem Hund fest in die Augen sah. Er wirkte entschlossen. "Good", sagte er laut und deutlich. "You're a good dog. We're good friends. And I am not at all **nervous**. You see that? I'm not at all nervous, you know that, don't you? And you must**n't** be afraid of me **either**. We have **mutual respect** for each other. **Can you tell?**"

"How is the dog supposed to be able to tell?", flüsterte Laura. "He's been stuffed! Is Mr Locksmith crazy?"

"He's **definitely off his rocker**", flüsterte Paul. "He's not just dangerous for animals, he's dangerous to people **as well**."

Die drei starrten gebannt auf den Briefträger, der jetzt damit begann, den Hund zu streicheln. Immer wieder strich seine rechte Hand mechanisch über den Kopf des Hundes.

"Good dog!", sagte er. "Good dog! I know you wo**n't** do **anything** to me. We're friends."

---

nervous nervös
not either auch nicht
mutual gegenseitigen
respect Respekt
Can you tell? Merkst du es?
definitely eindeutig
off his rocker übergeschnappt
as well auch
not anything nichts

Ungefähr zehn Minuten lang führte Mr Locksmith dieses seltsame Theater auf, dann zog er seine Uniform wieder aus, verließ den Schuppen und verschwand im Haus.
Nach einer Weile fasste sich Leo ein Herz und schickte sich an, in Richtung Schuppentür zu schleichen.
"Where are you going?", fragte Laura.
Leo drehte sich zu ihnen um.
"I want to have a look at that dog!", flüsterte er. "I want to see if it's Arco."
"I'm sure it is!" sagte Paul im Brustton der Überzeugung.
Es war schließlich sein Einfall gewesen, Mr Locksmith ins Visier zu nehmen. Die anderen beiden konnten froh sein, dass er so tolle Ideen hatte.
"We're coming with you", flüsterte Laura.
Wie Indianer beim Anpirschen huschten die drei geduckt um die Ecke des Holzschuppens, öffneten die Tür so vorsichtig, dass sie nicht knarrte, und gingen blitzschnell hinein. Der Holzboden ächzte, da konnten sie noch so vorsichtig gehen. Dann standen sie mit klopfendem Herzen vor dem Hund. Obwohl das schmutzige Fenster nur wenig Licht durchließ, erkannte Leo sofort, dass es sich bei dem Hund nicht um Arco handeln konnte. Trotzdem holte er das Foto aus der Hosentasche und hielt es sich und den beiden anderen unter die Nase.
Paul und Laura schüttelten die Köpfe.

"**Damn!** That's not **the same** dog", sagte Paul, zutiefst enttäuscht.
"How could it be?", meinte Laura. "Arco was only stolen a few days ago; how could he have been stuffed already? You can't do it that quickly."
Der ausgestopfte Hund vor ihnen war zwar ein Setter wie der von Mrs Taylor, aber dieser hier war ein viel älteres Tier.
"It can't be one of the other dogs, either", stellte Leo fest. "Just look at all the **dust** on him. He's been **dead for ages**."
"Mr Locksmith **probably** keeps the new dogs in the room where he **kills** and stuffs them", meinte Paul.
Plötzlich knarrte die Schuppentür in den Angeln. Gleichzeitig drehten die drei sich um.
Da stand Mr Locksmith.

Damn! Verdammt!
the same derselbe
dust Staub
dead tot
for ages seit einer Ewigkeit
probably wahrscheinlich
kills tötet

Ein dicker Hund

“**What the hell** is going on?”, fragte Mr Locksmith in scharfem Ton. “What are you doing in here?”
Leo, Laura und Paul waren erstarrt wie der Hund neben ihnen. Wie ausgestopft standen sie da.
“Talk!”, forderte Mr Locksmith. Seine Augen waren zu schmalen Schlitzen zusammengezogen und er wirkte ziemlich bedrohlich. “What do you want? Were you going to steal my Chipper?”
“Chipper?” Mechanisch wiederholte Leo diesen merkwürdigen Namen. “What’s your Chipper?”, fragte er. Er hatte vor Angst einen ganz trockenen Mund.

“You’re standing in front of him”, sagte Mr Locksmith. “Chipper is my stuffed dog. He’s very **precious**.”
“You stuff dogs?” Auch Laura traute sich wieder, etwas zu sagen.
Paul gab keinen Mucks von sich und sah immer noch aus wie eine Wachsfigur.
“We didn’t want to steal anything”, sagte Leo kleinlaut. Ihm war klar, dass das ganz schön Ärger geben konnte, wenn man einfach so, ohne zu fragen, in ein Gebäude hineinspaziert, das jemand anderem gehört.

---

what the hell was zum Teufel
precious wertvoll

"And no, I don't stuff dogs", antwortete Mr Locksmith. "Now, out with it. What are you doing in my shed?"
Er machte einen Schritt auf die Kinder zu, die gleichzeitig einen Schritt rückwärts machten. Aber viel Platz hatten sie nicht mehr, um Mr Locksmith auszuweichen. Und einen Fluchtweg gab es auch nicht. Mr Locksmith würde ihnen doch nichts antun …?
"We … we …", kam es stotternd von Laura. "We …"
"Yes?", grollte Mr Locksmith. "You …?"
"The dogs", platzte es aus Leo heraus. "The dogs. The dogs that have been **kidnapped**."
"Yes", stimmte Paul ein. Anscheinend wollte er sich unbedingt an diesem kniffligen Gespräch beteiligen, wenn auch nur mit einem kläglichen "Yes".
"You must have heard about it, haven't you?", meinte Leo.
Mr Locksmith nickte und schien sich etwas zu entspannen. Er verlagerte sein Gewicht von einem Bein aufs andere und wirkte schon etwas lockerer. Er steckte immer noch in seinem Sportdress, war ein wenig nass geschwitzt und rieb sich fröstelnd die Oberarme. Dann reimte er sich alles zusammen.
"Oh, now I get it", sagte er und musste sogar ein bisschen grinsen. "You're looking for the person who's

kidnapped entführt

been kidnapping the dogs. You asked yourselves who the **suspect** could be. And you thought of me. A **postman** who has his problems with one or two of the **mutts** in this town. So you thought, he's the kind of person who**'d be prepared** to **get rid of** them. And now you**'ve been spying on** what I've got in my shed. Huh? Is that how it was? Is that what you thought?"

Laura nickte.

"Yes, something like that", sagte sie.

Und dann musste Mr Locksmith auf einmal richtig loslachen. Er hielt sich den Bauch und konnte gar nicht mehr aufhören zu lachen.

"And now you**'ve caught me at it**", gluckste er. "I steal the dogs, and then I stuff them so that **I can make friends** with them."

Er zeigte auf seinen Chipper.

"You really thought that my Chipper was one of the stolen dogs? That's **hilarious**!"

"Well", sagte Leo. "We did think something like that.

---

suspect Verdächtige
postman Postbote
mutts Köter
would be prepared bereit wäre
get rid of beseitigen
have been spying on habt ausspioniert
have caught me at it habt mich erwischt
I can make friends ich kann mich anfreunden
hilarious saukomisch

It's pretty **unusual** for someone to keep a stuffed dog like this in their shed."

Er war unendlich erleichtert darüber, dass Mr Locksmith nicht mehr wütend war und offenbar als Täter nicht in Frage kam. Laura lachte jetzt auch und Paul tat, als wäre das alles für ihn von vornherein klar gewesen. Aber die Situation war noch nicht ganz bereinigt.

"Chipper here", sagte Paul wichtigtuerisch, "**obviously** has nothing to do with the missing dogs. I'd say he was stuffed years ago. **Even** a **blind man** could see that."

Leo ärgerte sich darüber, dass Paul so tat, als würde er hier die Ermittlungen leiten.

Mr Locksmith hörte auf zu lachen und nickte wieder kurz.

"That's right", sagte er. "Chipper was stuffed a long time ago. I found him on a **flea market**. I saw him standing there and **bought** him **on the spot**. He **cost** me **a pretty penny**."

---

unusual ungewöhnlich
obviously offensichtlich
even sogar
blind man Blinder
flea market Flohmarkt
bought habe gekauft
on the spot auf der Stelle
cost hat gekostet
a pretty penny ein hübsches Sümmchen

"**May I** ask you one more thing?", meldete sich Paul wieder zu Wort. "We saw you talking to him. We thought …"
"Aha." Der Gesichtsausdruck von Mr Locksmith wurde schlagartig wieder ernst. "So you **spied on** me, too!"
Die Kinder nickten verlegen, und es entstand eine unangenehme Pause. Komischerweise schaute jetzt Mr Locksmith für einen kurzen Moment drein, als hätte man ihn bei irgendetwas erwischt, das man nicht tun sollte. Er fing sich aber schnell wieder.
"**I'm training**", sagte Mr Locksmith betont sachlich. "I'm doing **exercises** that are supposed to **help me behave** normally around dogs. Yes, I'm afraid of them. That comes from all the bad **experiences I've had** with dogs. They**'re** always **trying** to bite me when I bring the post to the letter boxes. When I saw Chipper at the flea market, **I realized** that I was even afraid of a stuffed dog. **I wondered** whether I might

may I darf ich
spied on … habt … nachspioniert
am training trainiere
exercises Übungen
help me behave helfen mich zu verhalten
experiences Erfahrungen
have had gemacht habe
are trying versuchen
I realized ist mir klar geworden
I wondered ich habe mich gefragt

be able to use him to help me **conquer** my **fear**, and so I bought him."

"And does it help?", fragte Laura mitfühlend.

"Absolutely." Mr Locksmith nickte. "Believe it or not, it really works. It does help. I'm not as scared as I **used to be**. I'm much better around dogs **since** I've had Chipper."

"Really?", staunte Laura. "That's **wonderful**."

"Yes", sagte Mr Locksmith. "I try to make friends with the dogs. I certainly don't **abduct** them. But please – this is our **secret**. It would be too **embarrassing** for me if people in town heard about this."

"Sure, that goes without saying!", sagte Paul großspurig. "But if you see anything **suspicious**, please let us know."

"I **promise**", sagte Mr Locksmith.

Laura, Leo und Paul verabschiedeten sich und verließen den Schuppen, gefolgt von Mr Locksmith. Nun gab es keinen Grund mehr, sich heimlich wegzu-

---

conquer besiegen
fear Angst
used to be früher mal war
since seitdem
wonderful wunderbar
abduct entführe
secret Geheimnis
embarrassing peinlich
suspicious Verdächtiges
promise verspreche es

schleichen. Also gingen sie durch das Gartentor auf die Straße, ganz normal und gar nicht wie Detektive, die Geheimnissen auf der Spur sind. Sie kamen sich wie kleine Kinder vor, nach einer ordentlichen Standpauke. Gleichzeitig waren sie froh, dass die Sache bei Mr Locksmith so glimpflich abgelaufen ist. Es hätte wesentlich gefährlicher werden können, wenn Mr Locksmith tatsächlich der Täter gewesen wäre. Schade nur, dass sie einen ganzen Tag damit verplempert hatten, einer falschen Spur zu folgen.

Laura sah auf die Uhr.

“Oh, it’s time for me to **pick up** Jack at Mr Nicholson’s”, sagte sie.

“Do you want me to come with you?”, fragte Leo.

“No, it’s okay. I’ll go **by myself** today”, antwortete Laura.

“That was embarrassing”, seufzte Leo und meinte die Tatsache, wie sie sich von Mr Locksmith hatten überrumpeln lassen.

“We **fell into his trap**”, stellte Paul fest. “That shouldn’t have happened. One of us **should have kept watching** the house. That was a real **beginner’s mistake**.”

---

pick up abholen
by myself alleine
fell into his trap sind ihm in die Falle gegangen
should have kept watching hätte weiter beobachten sollen
beginner’s mistake Anfängerfehler

Paul versuchte, wie ein Profi zu klingen. Wahrscheinlich wollte er darüber hinwegtäuschen, dass er selbst es gewesen war, der sie mit seinem falschen Verdacht in diese blöde Situation gebracht hatte.
"**Never mind**", meinte Leo nur. "We just **followed up** the wrong **lead**, that's all."
Ein paar Schritte gingen sie schweigend, aber es dauerte nicht lange, bis Paul sich wieder in Fahrt redete. Er bedauerte noch mal den Anfängerfehler und meinte, dass man daraus lernen könnte und sich nicht entmutigen lassen sollte, an dem Fall weiterzuarbeiten.
"Hey!", rief er plötzlich gut gelaunt aus und seine Augen leuchteten schon wieder. "Wait! Now I know what to do! We've got to **observe** Mrs Bloomingdale! She lives really near here. She always gets angry if a **stray dog chases** her cats up a tree. That's our suspect!"
"**That's enough!**", sagte da Laura energisch. Auch Leo fand, dass es wenig Sinn hatte, jedem nur annähernd Verdächtigen hinterherzujagen, nur um in voll peinliche Situationen zu geraten.

Never mind. Macht nichts.
followed up haben verfolgt
lead Spur
observe beobachten
stray dog Streuner
chases jagt
That's enough! Das reicht!

Paul hob abwehrend die Hände.
"Okay, okay", meinte er. "We obviously **acted** too quickly with Mr Locksmith. But this Mrs Bloomingdale …"
Laura schaute ihn so giftig an, dass er lieber den Mund hielt. Wie es aussah, hatte sie für heute genug. Genug vom Täterjagen und auch genug von Pauls Übereifer. Sie brauchte eine Erholungspause.
"We have to do this totally **differently**", brach Leo das Schweigen. "Like real detectives. We just have to think about things a bit more before we act."
Paul trottete so dahin und steckte sich ein Karamellbonbon in den Mund, das schien ihm beim Nachdenken zu helfen.
"So, why would someone be stealing dogs?", fuhr Leo fort. "Maybe this person doesn't hate them at all … Maybe he or she …"
"… wants money", sagte Paul und bekam sofort wieder Oberwasser. "A **classic** case of **blackmail**. Hey, that's it!"
Er schob sich noch ein Bonbon zwischen die Zähne.
"Yes, but the dog owners aren't rich", meinte Laura. "And **has** any of them **received** a blackmail letter?",

acted haben gehandelt
differently anders
classic klassischer
blackmail Erpressung
has received hat erhalten

fragte Leo, der schon Falten auf der Stirn hatte vor lauter Grübeln.
"**Not that I know of**", meinte Paul.
"What I find strange is that it's only dogs that are being abducted", sagte Laura. "I mean, there are all kinds of other animals too."
"Well, when someone kidnaps a **sparrow**, nobody **notices**", erwiderte Paul. Er glaubte wohl, als Einziger hier die Lage klar zu erfassen.
"I mean pets, of course. If these people want money, that's the only thing that makes **sense**", hielt Laura dagegen. "Some people keep cats, others keep **budgies** or **guinea pigs** or fish ..."
"... or **pot-bellied pigs**!", ergänzte Paul und zeigte die Straße hinunter, wo so ein lustiges kleines Tier direkt auf sie zulief und dabei merkwürdigerweise mit dem Schwanz wedelte.
"**What on earth** is that?", entfuhr es Laura. Sie starrte auf das Tier, das natürlich *kein* Hängebauchschwein war. "It can't be ..."

Not that I know of. Nicht, dass ich wüsste.
sparrow Spatz
notices merkt es
sense Sinn
budgies Wellensittiche
guinea pigs Meerschweinchen
pot-bellied pigs Hängebauchschweine
what on earth was in aller Welt

"Oh yes, it is", meinte Leo. "**On close examination**, we see that it is a dog. But, strangely, a dog that looks a lot like a pot-bellied pig."
Ungläubig starrten sie die Straße hinunter. Das seltsame Tier schien aus dem Wald zu kommen, der ganz in der Nähe begann. Aber das war eindeutig kein Wildtier, das seine Beute jagte.
Keuchend wie eine kleine Dampflok rannte das Wesen freudig auf sie zu – wenn man bei diesem unbeholfenen Hopsen überhaupt von Rennen sprechen konnte.
Direkt vor Laura blieb das Tier schnaufend stehen, kläffte fröhlich und wedelte mit dem Schwanz. Eine übel riechende Wolke stieg von ihm auf.
Paul wandte sich angewidert ab und hielt sich die Nase zu.
"Pooh!", stöhnte er. "What's it been eating? It **stinks**!"
Laura schien das nichts auszumachen. Sie bückte sich und streichelte dem Hund über den Kopf.
"Who are you then?", fragte sie sanft. "And why are you so fat?"
"Probably because it eats so much! And I don't think it can talk", stellte Paul sachlich fest.

on close examination bei genauerer Untersuchung
stinks stinkt

Laura und Leo grinsten nur, schauten Paul an und nickten sich vielsagend zu.
Die Rasse des Hundes war nicht zu bestimmen. Er war klein wie ein Dackel mit kurzen Beinen, besaß aber den Oberkörper eines Jagdhundes und einen Schwanz wie ein Schäferhund. Eindeutig eine wilde Mischung aus allem Möglichen.
Laura hatte eine Idee.
"Hey, maybe it's one of the missing dogs that's run away from the **abductor**", sagte sie so überzeugend, als wäre es eine Tatsache.
"Not bad", murmelte Leo und ärgerte sich, dass er da nicht selbst draufgekommen war.

"Oh please, no!", nörgelte Paul, der wohl schon ahnte, dass sie den Hund dann mitnehmen müssten. Er hielt sich weiterhin theatralisch die Nase zu.
Laura aber duldete keinen Widerspruch.
"Paul, **pull yourself together**", sagte sie ernst.
"We**'re taking** him to the police", sagte Leo entschlossen.
"Right", antwortete Laura, bückte sich wieder nach dem Tier und hielt es am Halsband fest.
"Give me your belt", sagte sie mit einer fordernden Handbewegung zu Leo. "We need a lead so that he doesn't run away!"

---

abductor Entführer(in)
Pull yourself together. Reiß dich zusammen.
are taking bringen

"I'm not wearing a belt", sagte Leo.
"Paul", forderte sie jetzt. "Give me your belt!"
"If I do, my trousers will fall down", meinte Paul.
"Come on, hurry up", sagte Laura ungeduldig. "Your trousers are too **tight** for you anyway."
"They are not!", widersprach Paul. "**Quite the opposite.** That's why I wear a belt."
Aber gegen Laura war er machtlos. Widerwillig öffnete er seine Gürtelschnalle, zog den Gürtel aus den Schlaufen und gab ihn ihr.
Laura befestigte den Gürtel am Halsband des fetten Mischlings.
"There!", sagte sie. "Let's take him to Officer Darling. We'll pick up Jack from Mr Nicholson **on the way**. He's already waiting."
Auf dem Weg zu Mr Nicholson sahen sie an einer Häuserwand wieder ein Plakat von der Hundeshow. Und Leo fand, dass der dort abgebildete Pudel tatsächlich einem richtigen Hund mehr ähnelte als der Dicke da, der ihnen grad zugelaufen war.

---

tight eng
Quite the opposite. Ganz im Gegenteil.
on the way unterwegs

Eine neue Spur

Officer Darling wünschte, er wäre jetzt auf Streife, draußen an der frischen Luft. Stattdessen hatte er Innendienst. Doch als Polizist musste er viel aushalten können. Auch den penetranten Gestank, den diese dicke Wurst auf Beinen in regelmäßigen Abständen absonderte.

Die Kollegen von Officer Darling hatten plötzlich ganz dringend außerhalb etwas zu überprüfen.

Die Fenster standen schon alle weit offen. Für Leo und Laura war der Gestank auch schwer zu ertragen. Aber die Sache musste nun mal aufgeklärt werden. Da waren gewisse Unannehmlichkeiten zu ertragen, und Laura war ohnehin bereit, für ihre große Tierliebe Opfer zu bringen.

Paul war empfindlicher. Er hatte damit gedroht, in Ohnmacht zu fallen, sollte Laura ihn zwingen, gemeinsam mit dem Furzungeheuer in die Wache zu gehen. So blieb er mit Jack draußen vor der Tür und schaute hin und wieder zum Fenster herein.

"Officer Darling", sagte Laura mit sehr ernster Stimme. "We found this little dog **wandering around by himself** and we wanted to ask whether he looks like any of the dogs that are missing?"

---

wandering around herumlaufend
by himself allein

Officer Darling war hinter dem Tresen, der ihn von den Besuchern trennte. Halb stand er, halb lehnte er sich an einen der Tische und machte ein gequältes Gesicht.
"Children, children!" Er schüttelte fassungslos den Kopf. "What a **stink**!"
"Yes, Officer Darling, all right. We can smell it too", antwortete Laura schnippisch. "Do you know what the missing dogs look like? Can you help us at all?"
"Hhmm ...", sagte der Polizist und tauchte hinter der Theke ab. Man hörte ein leises Rumoren. Als er wieder hochkam, hatte er eine Aktenmappe in der Hand und schlug sie auf.
"Here", sagte er.
Officer Darling beugte sich über den Tresen, um den Hund noch mal anzusehen. Wieder schüttelte er fassungslos den Kopf.
"**Unbelievable**!"
"May I see that, please?", fragte Laura.
Officer Darling nickte, öffnete die Mappe und brachte ein paar Farbfotografien zum Vorschein.
Gemeinsam schauten sie auf die Bilder, die auf dem Tresen lagen, und Laura und Leo mussten dafür ganz schön ihre Hälse recken. Officer Darling schob die Fotos wie Puzzlestücke herum und zum Schluss deu-

---

stink Gestank
unbelievable unglaublich

tete er auf ein Bild. Laura und Leo nickten. Dies war der einzige Hund, der in etwa die gleiche Größe hatte wie ihrer. Auch die Zeichnung, zwei Blessen auf den Pfoten und ein weißer Fleck auf der Stirn, waren identisch, auch das braune Kurzhaarfell stimmte.
"Here, this one", sagte Officer Darling und klopfte auf das Bild. "This is the only one that looks at all like the one you've got there. But he's **nothing like as** fat in the picture."
"That's true!", sagte Leo.
"So why is he so fat now?", fragte Officer Darling.
"**If only we knew**", antwortete Laura. "He just **came** running **towards** us on the street. What's he called?"
"Just a **second**", Officer Darling drehte das Foto um und las: "Sir Winston. And he belongs to a Mrs Smith at number five, Baker Street."
"Sir Winston?", staunte da Laura. "That's no name for a dog."
"That's what**'s written** here!", meinte Officer Darling.
Als er seinen Namen hörte, wedelte Sir Winston mit

---

nothing like as nicht annähernd so
If only we knew. Wenn wir das nur wüssten.
came kam
towards entgegen
second Sekunde
is written geschrieben steht

#MD 807-PO3/09

dem Schwanz und ließ wieder eine Wolke aufsteigen. Officer Darling zog sich wortlos zurück ans Fenster.
"Oh, Sir Winston!", schimpfte Laura. "Do you have to do that? What on earth have you been eating? Tell us!"
"So now what?", fragte Leo. "What do we do with Sir Winston? **Leave** him here?"
"Oh no, please don't!", antwortete Officer Darling schnell. "That's a really bad idea."
Man konnte förmlich sehen, wie er verzweifelt nach einer Begründung suchte.
"We, erm ... well ..." Plötzlich hellte sich sein Gesichtsausdruck auf. "We don't have any **cells** for dogs at the **police station**. No dogs **allowed** here. **Rules** are rules", schwindelte er. "Why don't you three take Sir Winston **straight** back to Mrs Smith? She'll certainly be very **glad** to have him back. And **I wouldn't be surprised** if she gave you a nice **reward**, too."
Officer Darling hatte es sehr eilig, Laura, Leo und vor allem Sir Winston wieder vor die Tür zu setzen. Mit

---

leave lassen
cells Zellen
police station Polizeiwache
allowed erlaubt
rules Regeln
straight direkt
glad froh
I wouldn't be surprised es würde mich nicht überraschen
reward Belohnung

aller Freundlichkeit, zu der er im Moment imstande war, kam er hinter dem Tresen hervor und öffnete ihnen wie ein Portier die Tür.
"**Give my best regards to** Mrs Smith, won't you."
Als die drei draußen waren, stellte er sich ans Fenster, holte so tief Luft, wie er nur konnte, und ließ sich mit einem erleichterten Seufzer in seinen Amtssessel plumpsen.

Draußen erwähnte Leo Paul gegenüber gleich die Belohnung. Die Aussicht darauf gefiel allen dreien sehr gut.
"Really?" Paul bekam große Augen. "A nice reward? How much? Five hundred pounds? Great! What will we buy with it?"
"Not so fast, Paul!", bremste ihn Leo. "**First** let's just take Sir Winston back to his **mistress**. She's called Mrs Smith and she lives on Baker Street."
"Sir Winston Smith! So he has a name. How **did you identify** him?"
"Officer Darling has photos of all of the dogs that have disappeared, with their names written on the back", antwortete Laura.
Die Bakerstreet war nicht weit entfernt. Sie hatten es

---

give my best regards to … grüßt … herzlich von mir
first zuerst
mistress Frauchen
did you identify habt ihr erkannt

nicht mehr sonderlich eilig und ließen sich Zeit. Dennoch hatte Sir Winston so seine Mühe, mit Leo, Laura, Jack und sogar mit dem langsamen Paul Schritt zu halten.

Von der Polizeistation aus gingen sie die Straße hinunter, quer über den Rathausplatz, dann waren sie schon in der Nähe der Bakerstreet.

Es war gerade Markt und vielerlei Gerüche stiegen ihnen in die Nase. Ein Wurststand verströmte verführerische Düfte, und Sir Winston wollte sich gleich an der Warteschlange vorbei nach vorne drängeln.

"Hey, you!" Ein Mann drehte sich nach ihm um und sah auf ihn herab. "What are you standing there for? Are you a customer, or a sausage for the grill?"

"Very **funny**!" Laura fand nichts Komisches an dieser Frage. Paul hingegen war da ganz anderer Ansicht.

"Hey, it was a good joke!", rief er Laura hinterher, die es eilig hatte, den Platz zu überqueren. "Are you a customer or a sausage! That was really funny!"

Paul musste lachen, und Jack und Sir Winston stimmten mit aufgeregtem Kläffen ein.

"**You're a fine one to laugh** about Sir Winston's **figure**", sagte Laura schnippisch zu Paul.

Das wiederum fand Leo ziemlich lustig, während Pauls Grinsen gefror.

---

funny lustig
you're a fine one to laugh ausgerechnet du lachst
figure Figur

"I didn't mean it like that!", sagte Laura entschuldigend.

Sie überquerten den Rathausplatz und kamen in die Bakerstreet, wo viel weniger Verkehr war. Auch Passanten gab es hier so gut wie gar keine. Aus diesem Grund fiel ihnen auch gleich das Tier auf, das ihnen auf der anderen Straßenseite entgegenkam.

"Hey, **you guys**, look!", rief Paul. "A **pregnant** pony! And a **shaggy** one **at that**!"

"That can't be real!" Laura blieb entgeistert stehen.

Jack und Sir Winston zerrten an ihren Leinen und bellten hinüber.

Der Vierbeiner auf der anderen Straßenseite war nur mit Mühe als Hund zu erkennen, aber es war einer. Ein ziemlich fettes Exemplar von einem Riesenschnauzer.

Leo und Laura mussten sofort an eines der Fotos denken, die sie eben noch angeschaut hatten. Sie glaubten, diesen Riesenschnauzer wiederzuerkennen.

Der blieb kurz stehen, drehte langsam seinen Kopf in ihre Richtung, sagte einmal "Woof!" und verschwand über eine Wiese zwischen zwei Häuserreihen.

"Was that another of the missing dogs?", fragte Laura aufgeregt.

---

you guys Leute
pregnant schwangeres
shaggy zotteliges
at that noch dazu

"Must have been", bestätigte Leo. "But why was that one so fat as well?"
"I have the answer", meinte Paul und sah abwechselnd in den Himmel und auf die Hunde. Er faselte etwas von einem verrückten Wissenschaftler, der die von ihm entführten Hunde mit lauter Sachen fütterte, die enorme Blähungen verursachten, weil er die Hunde wie Luftballons fliegen lassen wollte. Sein Experiment sei aber misslungen und die Hunde seien abgestürzt, weil sie die Gase wieder ausfurzten. Das sei übrigens schlecht für die Ozonschicht. Die Blicke der beiden anderen gaben Paul sehr deutlich zu verstehen, was sie von seiner Idee hielten.

"What **bullshit**!", sagte Leo.
"All right, all right", Paul zuckte die Schultern. "It was just an idea. But have you got a better **explanation**?"
"No, I haven't!", sagte Laura missmutig.
"How about you, Leo?"
Fehlanzeige – Leo war genauso ratlos.
"I have absolutely no idea", sagte er. "But perhaps Arco has come back as well. Let's take Sir Winston back to Mrs Smith right away and then go to see Mrs Taylor again."
"Good idea", stimmte Paul diesem Vorschlag begeis-

---

bullshit Schwachsinn
explanation Erklärung

tert zu, denn er rechnete sich gerade aus, wie viele Süßigkeiten sie wohl für fünfhundert Pfund kaufen könnten.

Mrs Smith war offensichtlich zwischen ihren Gefühlen hin- und hergerissen. Einerseits wurde sie vor Freude fast verrückt, als sie ihren Sir Winston wiedersah, andererseits war sie entsetzt über seine Körperfülle.
"What's happened to you, my poor baby?", meinte sie liebevoll, bückte sich nach ihrem Hund und schüttelte den Kopf. Sie erhob sich und sah die Kinder fragend an. "Why is he so fat? Where did you find him?"
"We've no idea why he's so fat", antwortete Laura. "We asked ourselves the same thing."
"My good little Sir Winston", seufzte Mrs Smith und wiegte ihren Sir Winston wie ein Baby in den Armen. "I must tell Officer Darling **straight away**. He'll be happy to know that my baby is **back home again**."
"He already knows", sagte Leo. "We've just come from the police station."
"Oh yes? And **have** the other dogs **reappeared** as well?", fragte Mrs Smith interessiert.

---

straight away sofort
back home again wieder zu Hause
have reappeared sind wieder aufgetaucht

Da drucksten die Kinder ein bisschen herum, bis Laura sagte:
"Well, we think we saw another one on the way here. But we're not **quite** sure."
"We're going to follow it up straight away, **though**!", meinte Paul.
"Yes, do. Such a terrible thing. The poor animals. Take good care of yourselves, won't you. And of your little friend there." Sie deutete auf Jack. "You don't want anything to happen to him!"
"**Don't worry**", antwortete Laura. "We**'re keeping an eye on** him."
"**Just a moment!**", sagte Mrs Smith und ging ins Haus. Sie kam zurück mit einer riesigen Tüte Toffees. "This is for all of you. Thank you so much for bringing Sir Winston home to me."
Als Sir Winston das Rascheln der Bonbontüte hörte, spitzte er die Ohren und schaute gierig. Paul auch.
"No, not for you", sagte Mrs Smith zu Sir Winston. Und zu den Kindern. "Bye bye! And thank you again!"
Paul war zwar ein bisschen enttäuscht, dass die Belohnung doch keine fünfhundert Pfund waren, aber

---

quite ganz
though aber
Don't worry. Machen Sie sich keine Sorgen.
are keeping an eye on ... behalten ... im Auge
Just a moment! Einen Moment!

die Tüte Toffees war auch nicht schlecht. Die hatte er wenigstens gleich in der Hand und musste nicht erst lange zum Süßigkeitenladen gehen. Paul fing schon mal an, seinen Teil der Belohnung zu futtern.
Wenig später standen die drei Kinder mit Jack vor der Haustür von Mrs Taylor.
Leo klingelte und es dauerte eine halbe Ewigkeit, bis sich hinter dem Milchglas der Eingangstür etwas bewegte. Langsam öffnete sich die Tür und Mrs Taylor spähte durch den Spalt.
"Oh, it's you", sagte sie und öffnete die Tür ganz. "Have you got any news?"
Sie wirkte sehr enttäuscht, als sie bei den Kindern nicht ihren Arco, sondern nur den kleinen unruhigen Jack sah.
"**I'm afraid not**", sagte Leo.
"Well, that is, we do have a little bit", korrigierte Laura sofort.
Paul konnte nicht an sich halten und plapperte gleich los: "Mrs Taylor. You have **reason** to hope that your dog Arco is **alive** and **will return** to you. However, I'm afraid you may have to make a few **structural**

I'm afraid not. Ich fürchte nicht.
reason Grund
alive am Leben
will return wird zurückkommen
structural bauliche

changes to your house. The front door **will have to be enlarged** ..."

Ein scharfer Stoß in die Rippen ließ ihn verstummen.

"Paul!", schimpfte Laura. "Shut up! Don't be stupid."

Dann wandte sie sich an Mrs Taylor und erklärte mit knappen Worten, was geschehen war. Dass sie einen der Hunde gefunden hatten, einen weiteren gesichtet und dass sie gehofft hatten, dass vielleicht ihr Arco auch schon wieder zurück wäre.

Und dann berichteten sie Mrs Taylor von dem Zustand der beiden Tiere, die sie gesehen hatten, nämlich, dass sie auf unerklärliche Weise ziemlich dick geworden waren.

"Oh my God!", seufzte Mrs Taylor und hielt sich erschrocken die Hand vor den Mund. "That's terrible! How could that have happened?"

"We have no idea", antwortete Leo. "That's what we'd like to know."

"And what about my Arco?", seufzte Mrs Taylor wieder. "What if he comes back fat as well? That would be **awful**! What about the show? I **couldn't possibly**

---

changes Veränderungen
will have to be enlarged muss vergrößert werden
awful schrecklich
couldn't possibly könnte auf keinen Fall

take part in the dog show with a fat dog. Certainly not as **defending champion**."

Leo beruhigte Mrs Taylor.

"We don't know that Arco will be fat too when he comes back", sagte er.

Laura fragte Mrs Taylor, ob sie kurz Officer Darling anrufen könnten, um ihm mitzuteilen, dass sie einen weiteren dicken Hund gesehen hatten.

Mrs Taylor machte einen Schritt zur Seite und zeigte den Kindern das Telefon.

Laura sprach eine Weile mit Officer Darling. Mrs Taylor, Leo und Paul verfolgten das Gespräch gebannt. Laura nickte ein paarmal, sagte "Yes", sagte "No", dann legte sie wieder auf.

"So, what did he say?", fragte Leo ungeduldig.

Laura sagte, dass Officer Darling schon davon wusste. Ein gewisser Mr Haggler hätte ihn gerade angerufen. Sein Riesenschnauzer Tango hatte bellend vorm Gartentor gestanden. Mr Haggler hatte ihn fast nicht erkannt, so dick war er geworden.

Die Kinder verabschiedeten sich von Mrs Taylor, sprachen ihr noch mal Mut zu und meinten, dass ihr Arco sicher auch wieder auftauchen würde.

Auf dem Heimweg kamen Leo, Laura und Paul ins Grübeln.

---

defending champion Titelverteidiger

Und Leo ließ ein bestimmter Gedanke nicht los. Immer wieder dachte er an diese Hundeshow, das Plakat sah er auch jetzt an einer Häuserwand. Und ihm fiel ein, was Mrs Taylor gesagt hatte. Nämlich, dass sie die Hundeshow vergessen könnte, wenn Arco auch so dick wieder auftauchen würde. Er überlegte hin und her, während sie so dahingingen. Auf einmal blieb er stehen.
"Hey, do you think all the disappearances might have something to do with this dog show?", sprach er seinen Verdacht aus.
Laura zuckte die Schultern.
"I don't know", antwortete sie. "**After all**, Arco is the only pedigree dog that's been stolen that would have a chance of winning the show. Most of the others are mongrels."
Sie gingen weiter. Aber sie ließen sich Zeit, denn sie waren schon in der Nähe vom *Peking Palace*. Sie schlenderten gemächlich und ließen Jack an jedem Baum schnüffeln.
Leos Kopf arbeitete jetzt auf Hochtouren. Der Gedanke an die Hundeshow und dass das Verschwinden der Tiere etwas damit zu tun haben könnte, ließ ihn nicht mehr los.
"Listen!", rief er und blieb stehen. "I'm going back to Mrs Taylor's. There's an **important** question I have to ask her."

---

after all schließlich
important wichtige

"What do you want to ask her? I've got to take Jack home." Laura war von der Idee wieder umzukehren nicht sehr angetan.
"And I've got to eat dinner", meinte Paul.
"You go and do what you have to do. I'll do this **alone**. I've got an idea!", rief Leo schon im Gehen. "I'll tell you about it later!"
Leo sprintete die Straße zurück und war nach wenigen Minuten wieder vor der Tür von Mrs Taylor. Er klingelte und lächelte freundlich, als ihr Kopf im Türspalt auftauchte.
"Mrs Taylor", sagte er. "I'd like to ask you another question."

"What is it?"
"This dog show. Arco's won it three times in a row, hasn't he?"
"Yes", antwortete Mrs Taylor mit Stolz in der Stimme. "Arco is a very beautiful dog."
"Do you have any **enemies**?"
"Enemies? Dogs or people?"
"People!"
Mrs Taylor legte ihre Stirn in Falten und wurde nachdenklich. Sie schüttelte den Kopf.
"No, I don't think I have any enemies. **At least**, not that I know about."

---

alone alleine
enemies Feinde
at least wenigstens

Sie schüttelte weiter den Kopf, energischer, bis sie mit einem Mal innehielt.
"Oh, well", sagte sie. "There are **differences** from time to time. People aren't always **of the same opinion**. Sometimes people might think a **judgement** is unfair."
"Who? Is there **anyone in particular**?" Leo war sicher, jetzt auf der richtigen Fährte zu sein.
Mrs Taylor nickte und erzählte von einem gewissen Mr Winterbottom. Der hätte sich schon öfter darüber beschwert, dass es bei den Entscheidungen der Jury nicht gerecht zugegangen sei. Irgendwie, meinte Mrs Taylor, könne sie ihn auch ein bisschen verstehen. Schließlich habe Mr Winterbottoms Hund Rowdy drei Jahre in Folge immer nur den zweiten Platz hinter ihrem Arco gewonnen. Das sei für einen ehrgeizigen Hundezüchter schon schwer zu verkraften.
"Really?", staunte Leo. "He **came second** all three times? Do you know where this Mr Winterbottom lives?"
"He doesn't live in town", sagte Mrs Taylor. "He lives

differences Meinungsverschiedenheiten
of the same opinion derselben Meinung
judgement Beurteilung
anyone irgendjemand
in particular im Besonderen
came second ist Zweiter geworden

in the next village. In Pembroke, ten minutes **south** of here. Why do you want to know?"

Sie sah Leo fragend an.

"You think that ..." Ihr Satz blieb unvollendet.

"Thank you very much, Mrs Taylor", antwortete Leo nur. Er hatte es jetzt eilig und keine Zeit für lange Erklärungen.

---

south südlich

Die geheimnisvolle Hütte

Am frühen Abend saßen Tante Mary und Onkel Walter mit Leo und Laura im *Peking Palace.* Paul Lee hatte sich auf eine Limonade dazugesetzt. Leo ging es blendend, nicht nur wegen der neuen Spur, sondern auch, weil Onkel Walter und Tante Mary noch mal Lust hatten, chinesisch zu essen. Jetzt, da Leo mit Bestimmtheit wusste, dass hier keine Hunde zubereitet wurden, hatte er wieder richtig Appetit.

Sichtlich stolz erzählte Leo von seinen Ermittlungserfolgen und verblüffte vor allem Laura und Paul mit dem neuen Wissensstand.

"Wow! That could be it!" Pauls Stimme überschlug sich vor Aufregung.

Leo wusste schon, dass Paul leicht zu begeistern war. Aber jetzt wurde auch Laura hellhörig, als sie die Geschichte von dem neidischen Mr Winterbottom hörte, der es nicht ertragen konnte, dass sein Rowdy bei der Hundeshow immer nur den zweiten Platz belegt hatte.

"Yes, that could be a real clue", meinte sie begeistert. "We must definitely follow that up!"

"Yes, we must", meinte Leo. "Definitely."

"We have to find out exactly where this Mr Winterbottom lives", sagte Laura.

"Mrs Taylor said he lives in Pembroke, not far from here", sagte Leo.

"**Off to** Pembroke!", rief Paul. "But how are we going to get his address?"
"No idea", sagte Leo.
Lauras Eltern hörten nur verwundert zu. Sie wussten überhaupt nicht, worum es ging. Da war die Rede von Officer Darling, einer Mrs Taylor, einer Mrs Smith, einem Mr Winterbottom, dicken Hunden und geheimnisvollen Ermittlungen.
"Hey, kids, what's this all about?", unterbrach sie Tante Mary. "Are you talking about the dogs that have disappeared?"
"Yes", antwortete Laura. "Things are starting **to move**!"

"Aha", meinte Onkel Walter. "When I hear you three talking like this, it **sounds** almost as if you're investigating it like real detectives."
"Yes, we are", sagte Paul völlig überzeugt.
"Aha", machte Onkel Walter und lächelte so, als würde er sie nicht ganz ernst nehmen.
"Laura", sagte Tante Mary mit sorgenvoller Stimme. Sie schien sich ernsthaftere Gedanken zu machen. "**Are** you three **getting seriously involved** in this? Don't you think it could be dangerous?"

---

off to ab nach
to move sich zu bewegen
sounds klingt
seriously ernsthaft
are getting involved werdet grade hineingezogen

"Don't worry, Mum", beruhigte Laura ihre Mutter gleich. "We're just trying to **work out** what's going on, that's all."

"It's all completely **harmless**", fiel Paul ein. Bisher wäre ja noch gar nichts passiert – niemand hätte auf sie geschossen und entführt würden doch nur die Hunde.

Ein kräftiger Tritt von Laura gegen sein Schienbein ließ ihn verstummen.

"We're not doing anything dangerous", beruhigte jetzt auch Leo seine Tante und nahm einen Schluck Limonade. "We**'re** just **keeping an eye out for** clues."

Paul stupste Laura an, zeigte zu einem Tisch am Ende des Lokals und stand auf. Alle sahen ihm verwundert hinterher, wie er auf Mr Locksmith, den Postboten, zusteuerte.

"Mr Locksmith!", rief Laura überrascht.

Die vier beobachteten, wie Paul Mr Locksmith begrüßte und ein paar Worte mit ihm wechselte. Mr Locksmith schien es ein bisschen peinlich zu sein, auf Paul zu treffen. Aber er war freundlich und lächelte zum Schluss sogar, als Paul sich wieder von ihm verabschiedete.

Mit einem siegessicheren Grinsen auf den Lippen

---

work out herausfinden
harmless harmlos
are keeping an eye out for halten Ausschau nach

kehrte Paul an den Tisch zurück und sagte triumphierend: "Number eight, Forest **Lane**."
Alle sahen ihn fragend an, da fiel bei Leo als Erstem der Groschen.
"Ah", sagte er mit Anerkennung in der Stimme. "You asked the postman for the address. Good idea."
"What's in Forest Lane?", wollte Tante Mary wissen. Sie war wirklich beunruhigt, und die Erklärungen ihrer Tochter genügten ihr nicht.
"Oh!", wehrte Laura gleich ab. "Nothing **special**. We heard that a Mr Winterbottom **had seen** a dog **on its own**, and we just wanted to know where."
Aber bevor es zu langen Diskussionen kommen konnte, brachte Mr Lee schon das Essen. "Here's number seventeen, number forty-four, number one hundred and four, and number seventy-six. And you, **young** man," sagte er zu Paul, "into the kitchen. You promised to help your mother."
"All right, Dad!", sagte Paul. "See you in Pembroke!" Er zwinkerte Leo und Laura zu.
"**Enjoy your food**", wünschte Mr Lee.

---

lane Weg
special Besonderes
had seen hatte gesehen
on its own allein
young junger
Enjoy your food. Guten Appetit.

Die Einhundertvier war das Schweinefleisch süßsauer und Tante Mary hatte nicht zuviel versprochen – es war große Klasse. Leo hoffte insgeheim, dass sie noch öfter im *Peking Palace* essen würden.

Was am nächsten Tag anstand, war klar. Sie mussten Mr Winterbottom einen Besuch abstatten. Laura, Leo und Paul trafen sich gleich nach dem Frühstück vor dem China-Restaurant und machten sich mit den Fahrrädern auf den Weg. Leo hatte sich das alte Rad von Onkel Walter geliehen, das noch top in Schuss war.

Laura kannte den Weg. Zwanzig Minuten über eine kleine, kaum befahrene Teerstraße in Richtung Upton, dann waren sie da: 8 Forest Lane.

Seltsam, dass ein so großes Anwesen mit Stallungen und Nebengebäuden nur eine Hausnummer hatte. Eigentlich müsste die Adresse 8-18 Forest Lane lauten.

Das Haupthaus, vor dem sie jetzt standen, hatte schon bessere Tage erlebt. Von der alten Pracht war nicht mehr viel übrig. Das Dach konnte ein paar neue Ziegel vertragen und der Fassadenputz bröckelte an vielen Stellen von der Mauer. An zwei Fenstern waren die Vorhänge geschlossen. Die Einfahrt, die in einem Bogen bis dicht vor die Haustür führte, war durch wild wachsende Sträucher und Büsche völlig zugewuchert.

Weit und breit war kein Mensch zu sehen. Hinter den Gebäuden, dort, wo eine riesige Wiese begann, sahen sie zwei Pferde auf einer Koppel stehen.
"Pretty **run down**", kommentierte Paul den Zustand des Hauses und fragte gleich, was sie nun tun wollten. Es hatte ja wohl keinen Sinn, einfach zu klingeln und diesen Mr Winterbottom direkt nach dicken Hunden zu fragen, da waren die drei sich einig.
"Why don't we just have a look around the **property**?", fragte Leo. "It's **huge**. Let's see how far we get on the bikes."
"Not a bad idea", stimmte Laura zu.
Gerade als sie sich auf die Räder schwingen wollten, um ihre Erkundungsfahrt zu starten, hörten sie hinter sich eine Stimme.
"Are you looking for Mr Winterbottom?"
Sie drehten sich um. Die Stimme gehörte einer kleinen alten Frau, die schwer an einer vollen Milchkanne schleppte. Mit kleinen Schritten bewegte sie sich mühevoll voran und war wohl froh über eine kleine Gesprächspause.
"No", meinte Laura gleich. "We were just taking a look at the house. It could really use a new **coat of paint**."

---

run down heruntergekommen
property Grundstück
huge riesig
coat of paint Anstrich

"That's certainly true", seufzte die Alte. "But Mr Winterbottom **isn't bothered about** things like that. Or maybe he's just too **tight-fisted**. He **inherited** all of this, and then he let the beautiful house **go to ruin**. The only things that **interest** him are his horses and his dogs."
Die alte Frau grummelte noch eine Weile vor sich hin, bevor sie sich wieder mit kleinen Schritten in Bewegung setzte. Sie winkte ihnen noch zum Abschied zu.
"Goodbye!", riefen ihr die Kinder hinterher und fuhren weiter.
"So Mr Winterbottom is only interested in horses and dogs. Interesting **information**, don't you think?", meinte Paul verschwörerisch.
"Let's see what we can do with it!", sagte Leo und fuhr voraus.
Nach etwa zweihundert Metern setzte sich der Weg links in Richtung Wald fort. Er führte an einem schier endlosen Zaun entlang.
An der Ecke wartete Leo auf die anderen beiden.

---

isn't bothered about schert sich nicht um
tight-fisted knauserig
inherited hat geerbt
go to ruin verkommen
interest interessieren
information Auskunft

"Just you take a look at that. It's **enormous**." Er deutete mit der Hand in die Richtung, in die der Weg führte.
"Wow", meinte Laura. "You could certainly hide a few dogs on an **estate** like this."
"But not when they **fart** like Sir Winston", warf Paul ein. "The stink would give them away. You could smell that for miles."
"Come on", sagte Leo. "Let's take a look around."
Sie fuhren den Weg immer am Zaun entlang. Eine Koppel reihte sich an die nächste, auf denen einige Pferde gemächlich herumtrabten oder Gras fraßen. Irgendwann hörte der Zaun auf, das Gelände aber noch lange nicht, das war an vereinzelten Grenzpfosten zu erkennen. Auf einem der nächsten schmalen Pfade schlugen sich Leo, Laura und Paul nach links in den kleinen Laubwald und steuerten auf zwei Scheunen zu, in die sie einen Blick werfen wollten. Rechts fiel das Gelände stark ab. Der Abhang war dicht bewaldet, und unten an einem Bach entdeckten sie in einiger Entfernung eine Holzhütte.
"Over there", sagte Leo und deutete auf die Hütte. "Looks like a **hunting lodge**."
"Is this all still Mr Winterbottom's land?", fragte Lau-

---

enormous riesengroß
estate Anwesen
fart furzen
hunting lodge Jagdhütte

ra und zuckte zu Tode erschrocken zusammen, als die Antwort hinter einem der Büsche links zu hören war.

"Yes, this is all mine!", sagte ein Mann, der hinter dem Busch hervorkam und auf die Kinder zuging. Er hatte eine doppelläufige Schrotflinte in den Händen und sah mit seiner Tweedmütze wie ein Jäger aus.

"Sit, Rowdy!", sagte er.

"Are you Mr Winterbottom?", fragte Laura.

Er nickte nur. "What do you want?"

"We just wanted to have a look at your horses", sagte Laura mit Unschuldsmiene.
"You'd better **turn round** and **get off** my land right this minute", meinte Mr Winterbottom mürrisch. "This is not a **playground**! I don't like it when kids **go roaming around** here."
Er schwenkte dabei den Lauf der Schrotflinte bedrohlich in ihre Richtung, was nicht seine Wirkung verfehlte – ihnen wurde angst und bange. Wortlos wendeten sie ihre Räder und machten sich aus dem Staub.
"What was that all about?", fragte Paul entgeistert, kaum waren sie hundert Meter gefahren. "What a **weirdo**. **There's** definitely **something fishy going on**!"

---

turn round euch umdrehen
get off verlassen
playground Spielplatz
go roaming around herumstromern
weirdo komischer Vogel
There's something fishy going on. Irgendetwas ist hier faul.

Hunde im Schlamasselland

Bald stoppten sie. Leo hatte den Plan, in einem Versteck abzuwarten, bis Mr Winterbottom wieder zurück zu seinem Haus gegangen war. Sie mussten unbedingt diese Jagdhütte unten am Bach in Augenschein nehmen! Hier stimmte etwas nicht. Leo spürte, dass sie auf eine heiße Spur gestoßen waren.
Sie legten ihre Räder ins hohe Gras und schlichen seitlich des Weges zurück, um sich zwischen ein paar dichten Büschen zu verstecken. Sie warteten, dass Mr Winterbottom das Gelände verließ, denn sie mussten sicher sein, dass er nicht mehr in der Nähe war, wenn sie ihre Ermittlungen anstellten. Eine Viertelstunde verging, aber Mr Winterbottom ließ sich nicht blicken. Laura wurde es langweilig, Paul bekam schon wieder Hunger, nur Leo bestand darauf zu bleiben.
"Just five more minutes, okay?", meinte er.
"Okay," willigten Laura und Paul ein.
Aber auch diese fünf Minuten verstrichen, ohne dass etwas Wesentliches geschah. Na gut, ein Hase hoppelte ein paar Meter entfernt vorbei und ein Specht pockerte irgendwo ein Loch in einen Baum. Aber sie waren schließlich nicht hier, um Tiere in der freien Wildbahn zu beobachten, sondern um ein Verbrechen aufzuklären. Gerade als sie sich enttäuscht auf den Heimweg machen wollten, da tauchte er plötzlich auf. Mit eiligen Schritten, das Gewehr auf dem

Rücken machte sich Mr Winterbottom eilig davon. Rowdy, seinen Hund, hatte er an der kurzen Leine. Kaum war er außer Sichtweite, wagten sich Leo, Laura und Paul aus ihrem Versteck. Sie schlugen sich durch das hohe Gras direkt zum Wald durch, wo es gleich steil bergab ging. Einen richtigen Weg konnten sie nicht entdecken. Vorsichtig setzten sie einen Fuß vor den anderen, der Boden war weich und glitschig. Zwei-, dreimal rutschte Leo aus, wäre beinahe hingefallen.

Schließlich waren sie unten angelangt. Leise schlichen sie weiter in Richtung Jagdhütte, schauten sich immer wieder um, ob Mr Winterbottom nicht doch zurückkam. Zum Glück war weit und breit niemand zu sehen.

Leo glaubte Hundewinseln aus der Hütte zu hören. Ganz sicher war er sich nicht. Das Murmeln des Baches mischte sich unter das Geräusch.

"Can you hear something?", fragte er aufgeregt.

"Yes", sagte Laura, blieb kurz stehen und lauschte. "There are dogs in there."

"**Bingo!**", stellte Paul zufrieden fest.

Nun hatten die Hunde sie offenbar gehört, denn sie begannen laut zu bellen.

"We've found them!", tönte Paul.

Um die Jagdhütte zog sich ein dichter Zaun. In dem

Bingo! Volltreffer!

umzäunten Gelände war der Boden aufgewühlt, etliche Fressnäpfe standen herum, große Tüten Hundefutter, Fastfood-Tüten, Süßigkeiten, Schokolade. In so rauen Mengen, als würde hier täglich ein wilder Kindergeburtstag gefeiert. Nur hatte sich noch niemand die Mühe gemacht aufzuräumen.
Aber Kinder hinterließen nicht solche Spuren, wie sie hier überall zu sehen waren – alles voller Hundehaufen.
"Look at this!", staunte Laura.
"Maybe there's still some chocolate **left**!", murmelte Paul und machte sich an dem Tor im Zaun zu schaffen.

Das Gekläffe der Hunde wurde lauter.
"Watch out!", warnte Leo. "We don't want the dogs to **attack** us when we go in there."
Das Tor war nicht abgesperrt, Paul drückte es nach innen auf und betrat als Erster das Gelände.
"I don't think they can **get out of** the **hut**", behauptete er mutig, klang aber nicht vollständig überzeugt.
Paul hatte ausnahmsweise mal recht, die Hunde waren sicher eingesperrt. Die drei näherten sich der Hütte von der Rückseite.
An jeder Seite gab es zwei Fenster, durch die aller-

---

left übrig
attack angreifen
get out of herauskommen aus
hut Hütte

dings nicht allzu viel Licht ins Innere fallen konnte. Schmutzige Schlieren zogen sich über das Glas. Dennoch konnten die Kinder Umrisse einer Inneneinrichtung erkennen, als sie ihre Gesichter an die Scheiben drückten: ein altes Bett, ein Tisch, ein Sofa. An einem Kleiderhaken an der Tür hing ein langer Mantel. Durch diese Tür kam man wohl in den vorderen Raum.
"Let's go over to the other side", flüsterte Paul und löste sich von dem Fenster.
Auf der Vorderseite der Hütte – das gleiche Bild wie überall rundum. Aber hier lagen nicht nur leere Verpackungen. Auf einer überdachten Holzveranda lagerten die Vorräte. Dicht an die Wand gestapelt gab es Hundefutter ohne Ende, Süßigkeiten und jede Menge Dosen mit Wurst. Und reichlich Obst, vor allem überreife Birnen, um die schon die Fliegen surrten.
"What's all this for?", fragte Laura und versuchte die Tür zu öffnen, hinter der die Hunde begannen, verrückt zu spielen. Sie kläfften, jaulten und scharrten mit den Pfoten an der Tür.
"Well, at least they're not starving", stellte Paul knapp fest.
Durch die Türritze stieg ihnen eine Duftwolke entgegen, die Paul nur allzu gut kannte.
"Oh no", stöhnte er.
Die Tür war abgeschlossen. Leo, Laura und Paul war

mulmig und sie sahen sich unsicher an. Wie es aussah, waren sie auf das Hundeversteck gestoßen, ganz offenbar hielt Mr Winterbottom die verschwundenen Hunde hier gefangen. Was sollten sie tun? Was, wenn Mr Winterbottom plötzlich wieder auftauchte? Was würde er wohl mit ihnen machen?
Leo musste an die Schrotflinte denken. Würde er sie damit bedrohen? Zu den Hunden in die Hütte sperren? Leo schaute sich ängstlich, aber sehr aufmerksam noch einmal um. Die Luft schien rein zu sein – kein Mr Winterbottom weit und breit.
"What do we do now?", fragte Leo.
"We've got to **free** the dogs!", sagte Laura entschieden. "It's **cruelty to animals**. We have to look for the key. People sometimes hide keys near the door. Try under that big stone."
Da war er aber nicht, und sie suchten die Veranda nach dem Schlüssel ab.
Auf jedem Fensterladen schauten sie, zwischen jede Holzritze tasteten sie. Aber nichts. Sie fanden den Schlüssel nicht. Die Hunde wurden immer verrückter, die Kinder immer nervöser.
"What now?", fragte Laura. "Damn!"
"Just a second", sagte Paul, sprang von der Veranda, ging zum Zaun und hob einen dicken Pflock auf, der

---

free befreien
cruelty to animals Tierquälerei

dort im Matsch lag. Damit marschierte er zurück auf die Veranda und stellte sich vor eines der Fenster. Wortlos nahm er Maß, dann klirrte und schepperte es. Sekunden später war das Fenster geöffnet. Paul hatte vorsichtig durch das Loch in der Scheibe nach innen an den Fenstergriff gefasst und den Riegel geöffnet. Aber sofort machte er einen Schritt nach hinten, denn ihm schlug der entsetzliche Gestank von Hunderten von Hundefürzen entgegen.

“It’s disgusting!”, rief er und sprang von der Veranda.

Laura und Leo hingegen waren sofort beim Fenster. Sie sahen fünf Hunde. Den einen oder anderen erkannten sie von den Fotografien wieder, vor allem Arco war zweifelsfrei zu erkennen. Gemeinsam war allen, dass sie dicke Blähbäuche hatten. Die einen mehr, die anderen weniger. Zwei waren richtig fett. Sie winselten und kläfften und wollten nach draußen.

“How do we get them out?”, fragte Laura.

Mutig und mit einer Entschlossenheit, die ihn selber überraschte, stieg Leo durch das Fenster. Der Gestank war wirklich grausam. Und das Chaos auch. Überall lagen Tüten und Schachteln herum.

Leo landete auf einem Tisch, der direkt unterm Fenster stand. Die Hunde begrüßten ihn mit lautem Gekläffe und legten ihre Vorderpfoten auf den Tisch. Leo entdeckte eine weitere Tür an der Seite, eine Art

Hintereingang, und sah, dass dort von innen der Schlüssel steckte. Das war die Lösung. Er musste nur all seinen Mut zusammennehmen, vom Tisch steigen und die drei Schritte zur Tür machen.

Während er noch überlegte, riefen die beiden anderen von draußen: "What's going on in there?"

"A dog party!", rief Leo zurück und stieg vom Tisch. Die Hunde wirkten überhaupt nicht aggressiv. Im Gegenteil. Sie wedelten freudig mit dem Schwanz, als wollten sie mit ihm spielen. Leo ging zur Tür, öffnete sie und schon stürmten die fünf hinaus. Er folgte ihnen auf die Veranda und holte erst mal tief Luft.

Laura fiel ihm vor Freude um den Hals.

"**Fantastic**!", rief sie. "You're the dogs' **hero**!"

Dann sprang sie von der Veranda und rannte zum Zauntor. Mit liebevoller Stimme lockte sie immer wieder: "Come on! This way! You're **free**. Come on! Run!"

Leo staunte über die Hunde. Zwei von ihnen waren wirklich fett. Die anderen, die noch nicht so lange in den Fängen von Mr Winterbottom waren, hatten durchaus noch eine ansehnliche Form. So auch Arco, er war ja erst drei Tage hier.

---

fantastic fantastisch
hero Held
free frei

WOW!
KY DOG
LUCKY
Y DOG!

"Come on!", rief Laura beim Tor. "You're free!"
Die Hunde waren unentschlossen. Erst einmal schnüffelten sie alles nach Essbarem ab, bevor sie langsam zum Tor trotteten. Sie schienen aber gar nicht hinauszuwollen. Erwartungsvoll blieben sie vor Laura stehen und blickten zu ihr hoch.
"I think they want something from you", sagte Paul.
"Chocolate, **I suppose**!", antwortete Laura.
Leo machte jetzt einen Schritt von der Veranda und rief: "We've got to get away from here! What do we do with the dogs? How do we take them back to Hammersworth? We don't have any leads."
"We'll just ride back on our bikes!", sagte Laura, rannte zurück zur Hütte und steckte eine Tüte Leckerlis ein. "They're sure to follow us if they know we've got **doggie treats**."
Im Vorbeigehen schnappte sich Paul, ohne lange hinzusehen, auch eine Tüte und stopfte sie in seine Jackentasche.
Nach wie vor war den dreien sehr mulmig zumute, als sie sich auf den Weg zurück zu ihren Rädern machten. Was, wenn Mr Winterbottom zurückkäme und sie doch noch entdeckte? Sie mussten so schnell wie möglich am Haupthaus vorbei. Und selbst wenn Mr Winterbottom einen der Hunde erwischen sollte, wäre er durch ihre Aussage überführt.

I suppose nehme ich an
doggie treats Hundeleckerlis

Die Hunde folgten ihnen schwanzwedelnd. Und je weiter sie sich von der Jagdhütte entfernten, desto größer wurde ihr Freiheitsdrang. Drei waren schon vorausgerannt, als Leo, Laura und Paul ihre Räder aus dem Gras schoben. Die anderen beiden Hunde hatten sichtlich Mühe, ihnen zu folgen. Sie waren ziemlich außer Form und viel zu dick, aber in einigem Abstand hechelten sie hinterher.

Paul blieb auch etwas zurück, weil er nur einhändig fahren konnte. Mit der anderen Hand nestelte er in seiner Jackentasche herum und versuchte die Tüte aufzukriegen, die er vorhin eingesteckt hatte. Endlich hatte er sie aufbekommen, fummelte ein Bonbon heraus und steckte es mit einem kleinen Glücksseufzer in den Mund. Er kaute genüsslich darauf herum und trat so fest er konnte in die Pedale, um zu den anderen aufzuschließen, als er plötzlich scharf bremste.

"Ugh, what is that?!" schrie er und wäre um ein Haar über den Lenker gesegelt.

Erschrocken hielten die beiden anderen an und sahen sich um. Paul stand neben seinem Fahrrad, war ganz grün im Gesicht und spuckte wie ein Lama.

"Hey, **what's the matter?**", riefen Laura und Leo wie aus einem Mund, warfen ihre Räder hin und rannten zu Paul. Der stand da und zitterte vor Wut.

What's the matter? Was ist los?

"That **wicked** Mr Winterbottom wanted to **poison** the dogs!", stieß er hervor und spuckte wieder aus. "Here, that's what he wanted to give them, poor things!", schäumte er und hielt den anderen die Tüte entgegen.
Laura nahm sie, schaute auf den Aufdruck, und sagte trocken zu Paul: "You can **accuse** Mr Winterbottom of a lot of things, but not of trying to poison the dogs with doggie treats."
"Doggie treats!", ächzte Paul. "I**'ve eaten** a doggie treat! I've got to go to the doctor right away!"
"Don't make such a **fuss**!" Leo machte sich fast in die Hosen vor Lachen. "Come on, we've got to get back. This is important."
Nach diesem Zwischenstopp hatten die drei es noch eiliger, zu Officer Darling zu kommen. Schließlich hatten sie den Fall aufgeklärt und mussten das sofort der Polizei melden.
Als sie in Hammersworth auf die Polizeistation zusteuerten, trauten sie ihren Augen nicht. Direkt vorm Eingang standen Officer Darling und Mr Winterbottom, ganz friedlich in ein Gespräch vertieft.

---

wicked böse
poison vergiften
accuse beschuldigen
have eaten habe gegessen
fuss Theater

Was sollte das denn werden?
"Officer Darling!", rief Laura, völlig außer Puste, und beachtete Mr Winterbottom gar nicht erst.
"We've found the dogs!", platzte es aus Paul heraus, und Leo sah, wie Mr Winterbottom der Schrecken in die Glieder fuhr. Seine Augen weiteten sich und er wurde ganz bleich.
"What?", staunte Officer Darling. "Really?"
Er sah Mr Winterbottom an. "Then you'll get your dog back straight away, Mr Winterbottom."
Und an die Kinder gerichtet: "Where are they, then?" Leo, Laura und Paul verstanden überhaupt nichts mehr.
Mr Winterbottom sollte auch ein Hund abhandengekommen sein?
"We **set** them **free**. They were in his hunting lodge!", antwortete Paul mit ruhiger Stimme und machte eine Kopfbewegung in Richtung Mr Winterbottom.
"What the hell are you talking about?", brauste Mr Winterbottom auf.
"What's that supposed to mean?", fragte Officer Darling verwirrt. "Mr Winterbottom **has** just **reported** his dog missing."
"What?" Laura war jetzt richtig sauer. "That's not

---

set free haben befreit
has reported hat gemeldet

true! Mr Winterbottom is the **dognapper**. We've got **evidence**!"

"What **rubbish**!", rief Mr Winterbottom erbost.

In diesem Augenblick kamen die fünf mehr oder weniger übergewichtigen Hunde auf dem Gehsteig herangelaufen. Als sie Mr Winterbottom sahen, bellten sie und liefen auf ihn zu.

Kaum hatten sie ihn erreicht, verfielen sie in ein Winseln und Betteln und drei von ihnen machten sogar Männchen.

"Help!", rief Mr Winterbottom – ein kläglicher Versuch, unschuldig zu wirken.

Einer der Hunde schnüffelte wie wild an seiner Manteltasche. Blitzschnell stand Leo neben Mr Winterbottom und griff hinein.

"What have you got to do with these dogs?", fragte Officer Darling streng.

Wie zur Antwort hielt Leo eine Handvoll Hundeleckerlis in den Händen.

"**There are tons of these lying around** on Mr Winterbottom's property!", sagte er.

Mr Winterbottom machte auf dem Absatz kehrt und versuchte zu fliehen. Das wäre ihm auch beinahe ge-

---

dognapper Hundeentführer
evidence Beweismaterial
rubbish Unsinn
there are tons of these lying around die liegen tonnenweise herum

lungen, wenn nicht dieser unglaublich dicke Dackel vor seinen Füßen gestanden hätte.
Mr Winterbottom ruderte mit den Armen und schlug der Länge nach auf den Bürgersteig.

Peking-Ende

Am nächsten Abend saßen sie alle im *Peking Palace* und warteten auf das Essen.
Diesmal gab es ein vegetarisches Gericht für Leo, der Lauras Haltung inzwischen gut nachvollziehen konnte. Leo wollte auch keine Freunde mehr essen.
"You're our local heroes!", sagte Onkel Walter und blickte voller Stolz an die Wand. Pauls Eltern hatten das Bild aus der Zeitung vergrößern lassen und in einen goldenen Rahmen gesteckt.
Leo, Laura und Paul kannten das Foto schon. Hatten es hundertmal angeschaut.

Es zeigte sie gemeinsam mit Arco, einer überglücklichen Mrs Taylor und Officer Darling, der ihnen die Hand schüttelte und eine Urkunde überreichte.
"You really **did a great job**." Tante Mary strich ihrer Tochter voller Stolz über den Kopf. "Although you didn't quite tell me the **truth**, now, did you? Ha! What did you mean, you weren't investigating?"
"We only **kept** our eyes open." Laura grinste.
"What a crazy idea, to kidnap those dogs and **fatten** them **up**", sagte Leo.

---

truth Wahrheit
kept haben gehalten
fatten up mästen

"**Actually**, it wasn't so stupid **after all**", fand Onkel Walter.

Von Officer Darling kannten sie inzwischen die ganze Geschichte. Mr Winterbottom hatte es gewurmt, dass sein Rowdy bei der Hundeshow immer nur zweiter wurde – hinter Arco. Er wollte endlich auch mal gewinnen. Na ja, und so kam er auf die Idee, Mrs Taylors Liebling Arco zu entführen und so dick zu füttern, dass er bei der Show keine Chance mehr hätte. Natürlich sollte der Verdacht nicht auf ihn fallen, darum hatte er gleich noch eine ganze Reihe anderer Hunde entführt und gemästet. Sie sollten ja möglichst viel fressen, also hat er ihnen noch Appetitanreger unters Futter gemixt. Mit so einem Zeug im Futter fressen die Hunde auch überreifes Obst und kriegen davon die schlimmsten Blähungen. Das macht sie nicht gerade attraktiver. Und Mr Winterbottoms Plan wäre fast aufgegangen – "... if it weren't for those young detectives in Hammersworth!", tönte Paul.

"Right", bestätigte Laura.

"Yes", sagte Onkel Walter. "And when you **turned up** on his estate and he realized you were on to something, he thought he could **divert** suspicion from

---

actually eigentlich
after all doch
turned up aufgetaucht seid
divert ablenken

himself if he reported his dog missing too. Pretty **smart**."

"But it was an absolutely **revolting** thing to do - he was feeding the dogs **appetite stimulants** that are normally used for fattening pigs!", sagte Laura. "That man is not right in the head. It's a good thing we caught him."

"So, Leo?" Onkel Walter wandte sich an seinen Neffen. "Didn't I tell you some people say that Hammersworth is just as exciting as Hamburg?"

Leo grinste und schüttelte den Kopf.

"Well, I certainly can't say **I've been bored** here", sagte er.

"I wonder whether Arco will manage to lose the extra weight before the show?", fragte Laura.

"He could, with the right **exercise programme**, running every day", sagte Leo. "And I can even think of a good exercise partner for him."

Er grinste Paul über den Tisch an. Der hob nur abwehrend die Hände.

"Not me!", sagte er, und alle am Tisch lachten.

---

himself sich
smart schlau
revolting widerliche
appetite stimulants Appetitanreger
I have been bored ich mich gelangweilt habe
exercise programme Trainingsprogramm